（全書照片提供：莊仲平）

本書是以作者的母親陳壽賢女士為藍本，書中化名為秀絃，故事描寫一位赴日求學少女，平凡又奇特的洋裁生涯。在臺灣服裝史上，一九四〇至一九七〇年是變化最大的時期，從傳統大襟衫到定製洋裝，再到成衣及品牌服飾，短短三十年間，完成了服裝的現代化。

圖為一九五五年左右攝於家門口黃槿樹下，背後為澎湖街房屋。左起：父親莊索、兄長莊伯和、母親陳壽賢、小弟莊叔民（母親懷中）、作者莊仲平。

上｜壽賢的經歷可以看見洋裁時代的演變——包括日本洋裁學校的教育、手工洋裁的興衰、服裝的演進以及日治時代一個庶民家族的起落。一九三三年壽賢自高雄第一公學校畢業，合照中壽賢站在第三排左六，綁兩條辮子，大部分的同學仍是著臺灣傳統的大襟衫。

下｜圖為學校的教職員合影。第一排中間為萩本教長，第三排右一為伊坂老師，後排右五為林守盤老師。臺灣光復後林老師出任首任臺籍校長。

一九五〇年代高雄港之景象，漂亮的臺灣形式木造漁船與雙槳舢舨，後者俗稱「雙槳仔」，此船漆紅頭繪大魚眼，船身甚美呈流線形。船長約十公尺，但僅一人操作，人力划行，為旗後與高雄間客貨兩用的交通工具。而旗後外海灘上常見捕魚用之竹筏與漁網，竹筏必須拉上灘以免漂走，漁網必須曝晒保養，浸染薯榔液並乘機修補破損。旗後外海灘亦是壽賢的大姑暗中設局的相親之地。兩圖皆為作者父親、知名畫家莊索繪製。

壽賢赴日搭乘的高砂丸是大阪商船公司的客貨船，一九三七年五月起服役，航行於神戶與基隆間航路，每月有三個班次往返，是當時內臺航路中最新、最大、航速最高的船隻，最壯觀的雙煙囪是其特色。

THE TAKAO STATION, THE SOUTH TERMINAL OF
THE RAIL-WAY TRAVERSING TAIWAN, TAKAO.
（高雄名勝）縱貫線の最南端、高雄驛

上｜壽賢一九三八年由高雄驛搭火車至基隆，轉乘輪船赴日。高雄驛位於鼓山區高雄港側，一九四一年興建於大港埔的新高雄驛啟用，現今舊站已完全裁撤，改名為舊打狗驛故事館，係臺灣歷史建築百景之一。

下｜一九三二年的高雄港，出海捕魚的舢舨船多掛有風帆，行駛速度快又可節省划行體力，甚至能行駛至澎湖與中國。一九五〇年代，機動船已普遍，會操帆的人又逐漸凋零，高雄港幾乎看不到帆船了。

上｜一九三四年十二月由パイン縫紉機株式会社設立的日本洋裁學校，位於東京市中野區宮園通五丁目五四番地，校地二千五百餘坪，建坪共六百坪，包含二棟西洋「近代折衷式樣」校舍建築與可容納千人的大運動場。學生入學須年滿十四歲以上、五十歲以下，設有本科、速成科、師範科、研究科等科別。

下｜日本洋裁學校校長山口千代子（右），副校長押切今朝枝（左）。日本戰後的一九五〇年代，押切今朝枝擔任東京高等洋裁女學院院長。

上｜學生宿舍外部裝設大片窗戶，採光充足，是建構在鋼筋水泥一樓建築物之上的板條木屋，從前是裁縫機製造廠的員工宿舍。宿舍的食宿費一個月僅十六日圓，學校引以為傲地宣傳：伙食費都不只這個價。

下｜學生宿舍內部是個大廣間通鋪的榻榻米房，傳統的日式房間格局，甚有彈性，可容納較多的學生。從前裁縫機製造廠員工數量不少，有足夠的宿舍可供學生住宿，所以空間不致太擁擠。

課目	本科	每週時數
身公民	國民道德要義作法	一
ミシン	調整、修理	二
裁斷	下着、子供服、婦人服ノ基礎	六
裁縫	右ニ對スル裁縫	一四
理論	洋服ニ就テノ概念並ニ原理	四
服飾美學	綜合考案並ニ色彩、配色	一
手藝	洋服ニ必要トスル手藝一般	二
語學	洋裁ニ必要ナル語學	一
體操	姿體、調整體育、ダンス	一
華道	盛花、投入	一
		三三

上｜日本洋裁學校是縫紉機製造公司投資設立，有足夠的機器可供實習使用，入學後一人分配一臺自產蛇の目腳踏型縫紉機。學生畢業後有就業輔導，可到各地縫紉機分店當推廣職員或補習教育老師。

下｜洋裁本科的必修課目表，課程有縫紉機的調整與修理、裁剪、裁縫、洋服理論、服飾美學、服飾手藝、洋裁術語、體操及花道。此外設有可選修或旁聽的繪圖、英語、茶道及美容等。

上｜日本洋裁學校除了實習實作外，還有很多在教室內的課程。同學上課無不專心聽講，期望學習一技之長。

下｜試穿及假縫室放置許多大鏡子及木製模特兒衣架。初步縫好一件衣服時，要讓真人或木製模特兒試穿，以檢查衣服是否合身，太鬆的位置用針夾起來，太緊的地方要放線，試穿及假縫室要保持寬敞，不能跟裁縫機等設備混雜。

上｜住宿生朝夕相處感情佳，畢業前於學校大門口合照留念，壽賢為第二排左三站立者。同學們大部分穿著洋裝，少數著傳統和服，其中有三位同學是朝鮮人。

下｜大掃除後學校為了慰勞同學的辛苦，舉辦做飯糰活動，住宿與非住宿生都可自由參加。當時飯糰尺寸甚大，包入的餡料樸素，基本上是蛋絲條、魚鬆與小黃瓜，講究一點的可外包豆皮成為稻荷壽司，另有使用紫菜皮捲包白飯與小黃瓜的河童捲。

一九四〇年，壽賢與同學赴東京隅田川郊遊划船，壽賢為持槳者，另三位同學愉快地吃蘋果，至於午餐，當時人們出遊喜歡攜帶飯糰，比起今日便當簡單方便。

左｜壽賢穿著西服套裝攝於日本洋裁學校。此西裝外套、長褲及襯衫皆為親手裁縫，正規的襯衫以皺摺略顯裝飾變化，整體簡潔大方，此西化又中性的服飾，在當時算是相當的新潮，其樣式與今日白領上班族無異。

右｜壽賢穿著旗袍攝於東京寫真館。這件舊式旗袍的裙襬相當長，相較於日後改良式的旗袍又短又開高衩，長版更能顯現她的氣質。

左｜壽賢穿著壓花絲絨大衣攝於東京的寫真館。頭戴插有羽毛的帽子，手拿皮包，著手套，臉上洋溢著幸福感，時年十九歲。衣物是由寫真館提供，由此可見當時東京出現的歐美風格服飾，既華麗又古典。

右上｜壽賢穿著夏日洋裝攝於東京寫真館。洋裝是她手工裁製，使用柔滑又涼爽的布料，雖然是簡單的一件式洋裝，但設計上很是講究，衣領上有幾道小皺摺，肩部微幅突起同樣加皺摺，短衣袖做縮口，另一亮點是別於胸口的紅玻璃胸針。

右下｜壽賢穿著春秋裝攝於東京寫真館。這件適合春天與秋天的一件式洋裝，係她在學校縫製，難得的一塊好布料，既要講究實用性也要力求設計感，因此在胸前抓出皺摺，半長袖做個縮口，加上一條腰帶，產生摩登氣息。

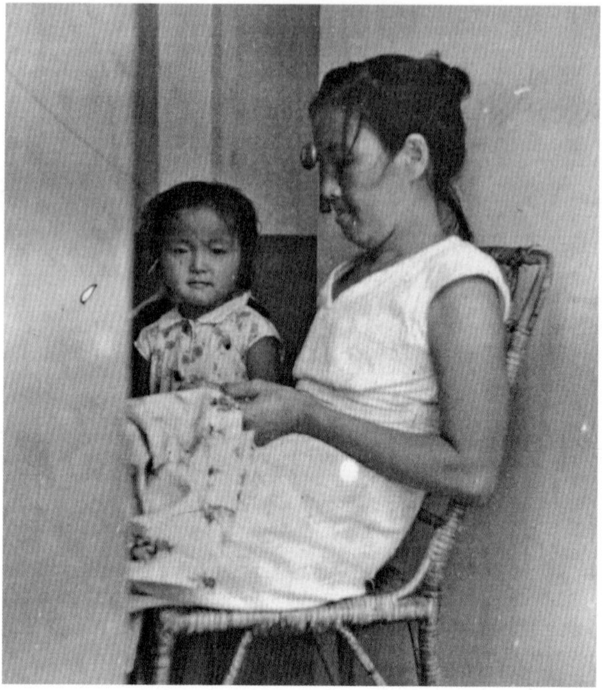

一九六〇年代，壽賢坐在門口的藤椅上縫製衣服。

二〇〇五年，高齡八十五歲的壽賢手持針線修改衣服。

上、下左｜陪伴壽賢八十載的勝家縫紉機，多年使用下，車身 SINGER 墨印標誌已磨損不清，但右下方的金屬標籤則完好如初，此機款堅固耐用，至今仍可使用。

下右｜北海道同學贈送的紀念品木雕熊，搬了幾次家，壽賢仍一直保存著，是當年日本生活極少數留下來的記憶。

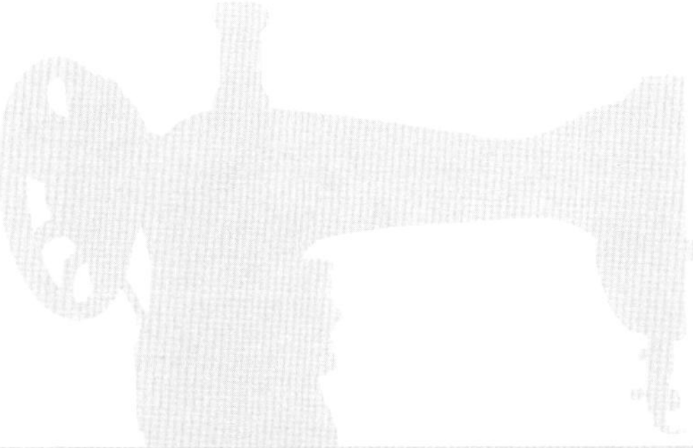

藏在日治庶民生活與裁縫故事裡的微光

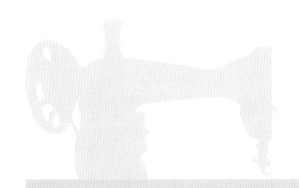

港都洋裁師

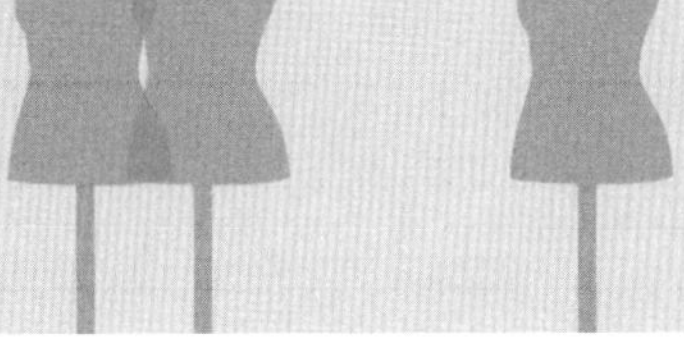

莊仲平 著

三民書局

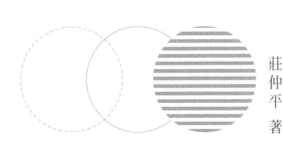

推薦序：話盡山雲海月情

粘碧華

無論古今中外，傳統社會的家庭大多重男輕女，認為「女子無才便是德」，正如大家耳熟能詳的詩詞〈孔雀東南飛〉中所說的「十三能織素，十四學裁衣」，傳統家庭普遍以學習女紅作為培育女兒「婦德」的家庭教育。而臺灣童謠中更有「五歲織得好幼麻，六歲繡朵牡丹花，七歲媒婆就來說，八歲就吃人麻茶，九歲留髮，十歲嫁，十一歲攬仔做阿媽」的說法，反映出一般人家提早讓幼女參加家庭工坊，學習織繡手藝，以趁早安排婚嫁女兒。反觀那時代的男孩怎麼回應這樣的社會習俗呢？童謠說：「小小子，坐門墩兒，哭著喊著要媳婦，要媳婦，做什麼，做褲做褂，做鞋做襪。」說明了嫁做人婦的女兒，白天晚上都得不停地忙著！

與此相較，《港都洋裁師》書中女主角秀絃的際遇就太幸福了，她不只家境好，自幼生長於富商家庭的樓房大院，還有思想開通的父母親。臺灣日治時代能進公學校念書的女孩並不多，秀絃不但能上公學校，畢業後還能依照自己的規劃，並獲得家人的資助、兄長父執輩友人的協助，順利搭船赴日本學習洋裁縫，在那個戰亂的時代，實在是少之又少，真可謂是天之驕女。

本書以輕鬆有趣的筆調，記載了秀絃的留學經驗，介紹秀絃除了主修洋裁縫課程外，還學習了花道、美容、美姿美儀，以及日本傳統服飾歷史等課程，又上了烹飪課程，學會煎出皮脆多汁的魚和金黃可口的可樂餅。上茶道課時，更學習了如何欣賞茶屋建築藝術、茶掛上的書法，以及日本茶道的茶具、儀式和禮節。後來她這些多才多藝的生活美學內涵，都發揮了實用功能，不只在婚後使家庭受惠，更豐富了自身的美學概念和精神生活。她專攻的洋裁縫訓練，當然也變成了受用一輩子的專職。

太平洋戰爭爆發之後，秀絃的娘家不幸家道中落，並經歷戰爭後的經濟蕭條，及夫婿的工作不順，此時秀絃的洋裁專長馬上派上用場，她開設了供人量身定製的裁縫店，賺錢幫助家裡解決了一時的經濟窘迫。客製化的量身定製總會遇到各種難題，這時候的秀絃一定想起了留學時日本老師所說的話：「能夠讓客人滿意的裁縫師也太幸福了。」書中這看起來簡單的一句話，其實是應用美術的精神之所在，也是高級客製化藝品的美學標準！讀來讓當過設計師、深知開店經營甘苦的我感動不已！

隨著工業化的發展，新型縫紉機不斷出現、電動縫邊拷克機來了之後又出現了綳縫機，聰明的秀絃總是不停學習以適應新機種。學了新機種，更要接受新造型、新布料和新剪裁方式的挑戰。她之所以能敏銳地抓住新時代的新觀念，皆因她在紮實的基本功夫訓練之外，還細心累積了客製化的經驗、並努力不懈地從自己訂購的日本新潮流服飾雜誌如《婦人俱樂部》及《婦人之友》等刊物吸收新的資訊，同時秀絃與吾洲先生共同建立的富藝術氣息的家庭，也助益不少新的美感觀念。這些新美感觀念、新裁剪概念、新布料材質、新潮流設計等新的創作動機，總是風起雲湧地襲上心頭，鼓動秀絃勤勉不歇地去設計製作與眾不同的新造型。

於是優雅淡妝的秀絃身上，總是穿著最新款式的服裝，新服裝不斷推陳出新，自然引來了周遭羨慕的眼光，客戶蜂擁而來求她設計新衣裳。因此秀絃這麼一位獨自經營的女性裁縫師，才能夠將一間客製化服裝店面風光經營了幾十年！而秀絃求學時代很欣賞的茶掛句子「話盡山雲海月情」，似乎早預示了她持續不斷變換服裝新造型的能力和魅力！

（本文作者曾任輔仁與實踐大學織品服裝系，著作與創作俱豐）

作者序

本書是以我的母親，一位赴日求學少女的經歷為藍本，書中化名為秀絃，描寫她一生平凡又奇特的洋裁生涯。

在臺灣服裝史上，一九四〇至一九七〇年是變化最大的時期，從傳統大襟衫到定製洋裝，再到成衣及品牌服飾，短短三十年間，完成了服裝的現代化。正好母親的經歷，可以看見洋裁時代的演變——包括日本洋裁學校的教育、手工洋裁的興衰、服裝的演進以及日治時代一個庶民家族的起落。

母親出生的大正九年（一九二〇年），適值日本景氣高峰，此刻文化空前的繁榮，有「大正浪漫」之稱。以世界藝術史來說，是裝飾藝術（Art Deco）初始之期。此時臺灣縱貫鐵路通車了，輪船、留聲機已出現，都市裡開始過著現代化生活。但婦女能夠參與的工作仍然不多，其中的洋裁被視為婦女理想的選擇之一。母親便在這新時代的啟蒙，潮流風氣之初，獨自負笈日本學習洋裁製作。

其實洋裁並非母親赴日學習的初衷，只是因緣際會下，進入洋裁學校，踏入洋裁的世界。

百年前，日本洋裁學校的教育裡，對服裝的認知，已經將藝術、時尚與洋裁之間的關係作了連結，因此洋裁學校的課程，除了剪裁縫紉的學習，也提供了文學、茶道、美學、美術與美容等方面的課程。

母親正好經歷服裝史上最大變遷，參與了這場跨時代的演變。在服裝形式上，臺灣服裝從數百年不變的唐衫演變到洋裝，日本也從和服轉變為洋裝。服裝的功能從保暖實用品，躍升為裝飾，服裝已不僅是可穿上身的衣服，而是代表著一種時尚。

母親在這場服裝的變革，經歷了手工洋裁、量身定製的大好時代，也親歷成衣崛起，手工裁縫市場受量產成衣衝擊而一路凋零。母親從事洋裁工作正是「合到時候」。在手工量身定製衰落的時候，她已近六十歲，也逐漸從裁縫的工作退隱。

在臺灣光復之初，父母結婚不久便逢「二二八」事件，從臺北遷回故鄉旗津半島。為了生活，母親以所學專長，從事家庭裁縫業務，在穿針引線與縫紉機的踩踏忙碌中，辛苦地賺取貼補生活的每一塊錢。

裁縫師的角色，在歷史上從來不是獨領風騷，只是服裝史上的一個角落。但裁縫師也曾是少女的夢幻行業，家庭經濟的支柱，與服裝現代化的推手。

我在昔時與母親的談話中，發現洋裁工藝與其他藝術的道理亦是相通。服裝的境界已變時尚，設計的光輝愈發明亮，裁縫的角色卻是愈來愈渺小。但母親相信手工裁縫的衣服是有靈魂的，如創造藝術品般，堅守職人價值，即使裁縫業已如夕陽般的餘暉。

直到母親九十歲時，我更能明瞭，衣著在母親身上所形成的風格，已成為一種氣質表現。從衣服的色調、圖案及設計，都有母親獨特的風格，只要我閉上雙眼，母親的形象就是她那身淡雅的衣服，素淨臉上那淡淡粉餅的氣味。這氣質無論母親身在何處，我都認得出她。

從小看著母親踩踏裁縫車的背影長大，在她九十餘歲生命的最後，陪伴她共同生活的兩年時光，母親告訴我許多年輕時代的往事，有些是久已遺忘，卻又靈光乍現的事。於是我以她口述求學與裁縫的經歷為主題，寫下這部故事。

感謝曾永義院士與粘碧華女士的推薦，以及三民書局編輯部的支持，讓本書得以出版問世。

目次

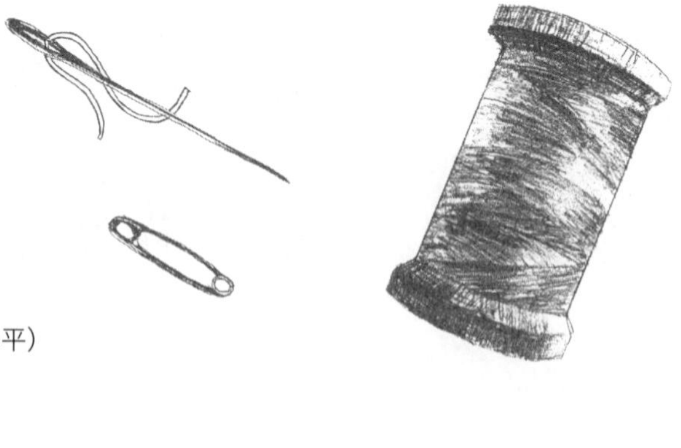

（全書手繪插圖：莊仲平）

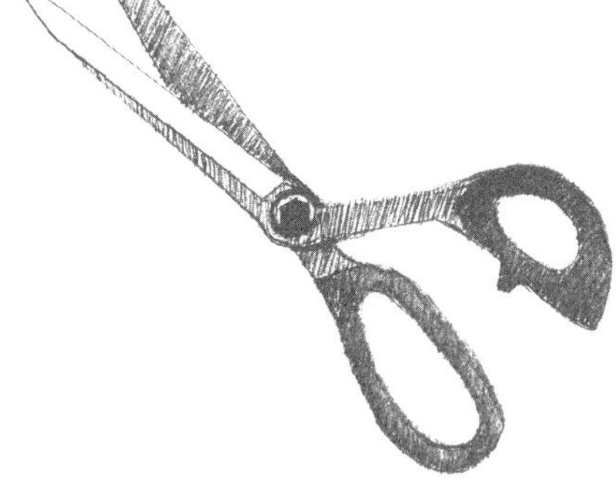

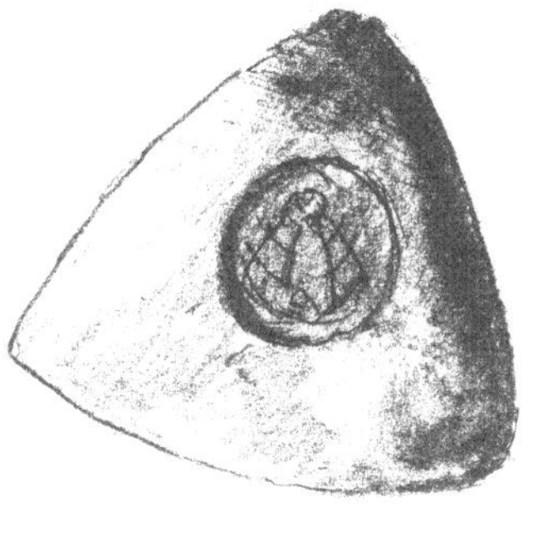

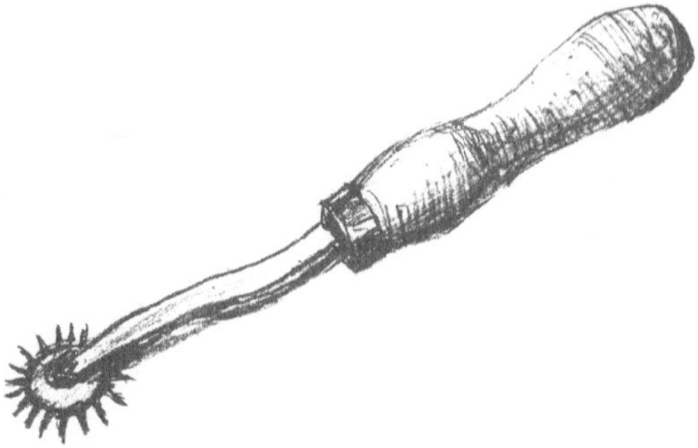

一

抓住赴日升學的契機

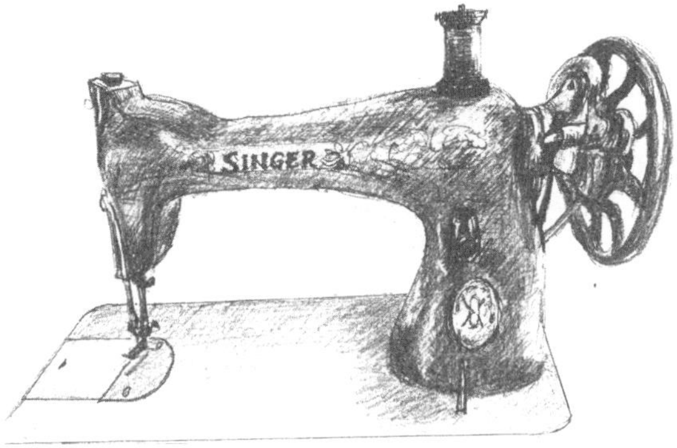

阿娘，我想去日本念書

日治時代中晚期，秀絃，一位高雄旗津半島普通商家的女兒，自「高雄第一公學校」❶畢業。她未能考取高等女校，亟思升學機會，但高雄只有一所「高雄高等女學校」，主要招收日本人女孩，臺灣人極難考進，連重考的機會也不被允許，因此居家思考未知的前途。

鄰居一位女同學，公學校畢業後每天在家門口忙碌地編織漁網，閒蕩的秀絃看到她有些難為情，無奈地解釋說：

「我一時無校可讀，只能在家幫忙，家裡生意雖然忙碌，但上有哥、嫂和姊姊，輪到我做的事很有限，閒閒沒事反而苦惱呢，妳有事情做比較充實。」

女同學手腳俐落，梭子快速地穿梭在網目之間，動作比大人還要敏捷，她頭也不抬地說：

「我每天都做同一個動作，才無聊呢。」

又是入學的三月天，乍暖還寒，秀絃著白色寬鬆的大襟衫及寬長褲，一如往常的家居

❶ 高雄第一公學校即今日之旗津國小。

服——她阿娘也是同樣款式。她站在門口望著外面飛來飛去的田嬰（臺語，tshân-enn，蜻蜓），幾年過去，也到了十七歲的碧玉年華，似乎對於田嬰不再有那麼大興趣。反而是益想求學，對機會的逝去，甚至湧現惴惴不安的情緒。此時一個熟識的鄰居女孩路過，正是望月姐姐，好像有一陣子沒見到她了。

秀紘揚起興奮的眉毛，開懷地跟她打招呼：

「月姐，最近怎都沒見到妳，還在幼稚園工作嗎？」

望月抿嘴帶著神祕的微笑：

「早就沒有了！我現在在日本念書，在東京進修師範科，這次是暑假回來省親度假。」

「喔？什麼時候去日本的？怪不得好久不見，妳現在皮膚好像變白，臉蛋細嫩紅潤。」

秀紘一方面驚訝她去日本讀書，一方面盯著她的臉蛋，忍不住讚美起她的皮膚。愛美真是女孩的天性，對於外貌特別關心。

「日本較北方，氣候寒冷，陽光不強，不像高雄太陽那麼烈，流汗多毛細孔就粗大了。」

望月臉頰浮現粉紅色澤，眼神泛亮，充滿自信地說。

望月原本在幼稚園當老師，從上學期起到東京讀書了。秀紘心裡很是震撼，好生羨慕。她想都沒想到社會崛起的新氣象，已進步到那麼快，未嫁的女孩能長期在外住宿，一個女孩竟可單獨出國念書。

秀紘喃喃自語：「以前只聽說大戶人家出國做生意，孩子隨家人去日本生活。至於女性單獨赴海外求學，實在少見。即使有去日本讀書的女孩子，她們也可能是因兄長已去日本留學，隨後跟著去的。沒有聽過女孩子一人，無親無故，膽敢獨自一人出國留學。」

望月點點頭，也沒說她怎會想去日本。但隨後眉飛色舞興奮地談起在日本的生活，形容那裡繁榮的街道，亮麗的百貨公司，學校課程的種種。這些先進的社會環境，對於秀紘來說，新鮮又有趣。

望月用那雙興奮閃耀的眼睛說：

「既然語言無礙，生活與求學就沒有困難了。」

「咱在臺灣升學不易，不少臺灣人只好選擇前往日本❷，在日求學管道，反而比在臺灣參加升學考試容易❸。」

❷ 一九三八年臺灣赴日留學生有四千一百二十三人。吳文星，〈日據時期臺灣的教育與社會領導階層之塑造〉，《歷史學報》，一九八二年，頁四二〇。

❸ 一九二二至一九四〇年臺籍男生中等以上學校入學率十五．九％，日籍生五十一．五％。吳文星，〈日據時期臺灣的教育與社會領導階層之塑造〉，《歷史學報》，一九八二年，頁四一三。

秀絃聽到這一點，眼睛一亮，但心中隨之浮起一陣猶豫：

「學校好不好找？有什麼學校可選的？」

這位姐姐自信地解釋：

「臺灣的教育可說落後日本二十年，也就是說現在臺灣教育機構缺乏，升學困難的情況，就像二十年前的日本。」

她舉起手加助語氣，果斷地建議秀絃：

「直接去日本就讀，反而有較多的學校選擇，有更好的機會學習，如同跳級升學。」

「其實儘量節儉，本島去內地❹只要買張單程機票就行了，留學東京的開銷並不會太貴。」

秀絃迫不及待地追問學費與生活的細節。

「其實我最合意的行業是產婆，女生若當了助產士，習些醫療常識，在家要照顧孩子用得到，開業或去醫院工作，也有辦法賺錢。在社會上也有地位，較受人尊敬。」

「月姐，我是說真的。」秀絃認真強調。

❹日治時代臺灣人稱臺灣為「本島」，稱日本為「內地」。

秀絃有意學習婦產科，似乎是從吉岡彌生得到的啟發。吉岡彌生是日本一位很有名的女性，她原本只有高等小學畢業，沒有資格報考東京師範學校女子部，於是進入「濟生學舍」——一間私立無文憑的醫科補習班，不用入學考試，也沒畢業年限，可一直讀到考上醫師執照為止。

吉岡彌生就是透過濟生學舍的學習，考上醫師執照。對於無法進入大學的莘莘學子來說，濟生學舍是唯一的教育機構，但是濟生學舍後來取消女子入學，吉岡彌生為了女性的教育前途，於是創立東京女醫學校。

這樣說來，出國念書好像比在臺灣念還容易。望月接著湊到秀絃耳邊，小聲地說：

「妳們房客，那個住妳家隔壁的，擔任公學校老師，是旗後有身分的仕紳，他動用人脈與教育局關係，把跟我同齡的兒子送進日本人就讀的『小學校』❺，那是極少數的臺灣人才能進去的，然後很順利地考進州立高雄中學校。」

「但是接下來要考臺北帝大醫學部就困難了，因此跑到日本殖民地朝鮮，念平壤大學醫學院。」

❺小學校是「高雄第一尋常高等小學校」的簡稱，即今日之鼓山國小。

「對啊！他家孩子好像是去朝鮮，原來如此。」秀絃恍然大悟，那位大哥為什麼去朝鮮。鄰家姐姐望月這一席話，使秀絃萌生赴日求學的念頭。老天好像為她關一扇窗，又特地為她開了另一扇窗，她現在湧起一個心願，就是去東京求學。

此時，去東京成為秀絃的夢想，未來幸福的搖籃。只要有足夠經濟能力，便能赴日本這個夢幻之地。也許是這明媚的三月天，讓人愉快而充滿鬥志吧。假如現在是酷熱又鹹腥的夏日，少樹木的旗後會熱得讓人萬念俱灰。秀絃決心要去日本求學了，加快腳步走回家，立即向母親請求：

「阿娘，讓我去日本念書好不好？」

秀絃母親還沒反應過來，淡定地看著她：

「妳沒有看到人家在忙？晚飯還沒有煮好呢。」

「阿娘，我不是肚子餓啦。我是說我想去日本念書。隔壁月姐已經去一學期了，她要帶我去。學費與生活費不多，我不會亂花錢的。」

秀絃母親回過神來：「妳在說什麼啦？妳查某囡仔一人去日本，我怎能放心？妳不要被人騙去賣了。外面壞人很多。」

經不起秀絃一再央求，最後母親終於同意。

「好啦，我去跟妳阿爸講講看。」

晚飯後，父親如往常穿著一件直排布鈕扣的對襟衫，七分長褲。天黑比較涼，他扣好五排布鈕扣，白天在忙的時候，鈕扣常不扣的。母親代秀絃求情：

「女兒要讀書就儘量給她讀，反正我們家又不靠她工作賺錢，有也好，沒有也好。」

父親雖面有難色，但經不起母親與秀絃的央求，最後他也同意了。

秀絃欣慰地對望月姐說：「幸好阿爸不會重男輕女，說女孩子不需要念書這樣的話。」

做父母的，也是希望孩子有好的前途，為家庭爭光。接著秀絃幾乎每天都去找望月姐，想知道日本生活的各種問題。秀絃推開了庭院外大鐵門，穿過幾個醬油大陶缸，直接進她家。兩人相談甚歡，望月也知無不答，有這位姐姐作伴一起進京，秀絃增添不少信心。

秀絃的三姊就說：

「看妳憨呆呆，有夠勇敢的，有的人到臺南念書都不敢去，妳一下子就要跑到日本。」

其實秀絃個性一向堅強，也許是么女的任性，或被寵慣的么女。逆襲的人生說來簡單，但豈是那麼容易做到。

擘劃留學新藍圖

「妳阿兄在外面走動多，見識廣。我要求他多想想辦法，協助妳去日本留學。」

秀絃母親嘆息道：

「我們家族在日本無親無故，沒任何淵源。不像有些臺灣世家，要去日本留學，可投靠在日本的親戚。不然也可找住日本的好友，甚至在日本有政商朋友，他們出國留學一點困難也沒有。」

其實此時秀絃到底要去日本什麼地方，到哪個學校讀什麼，都還沒打算。因為資訊不發達，人家都是找親友幫忙調查，或出去後再實地探聽，才能瞭解情況。秀絃家沒有這種日本人脈，但她向來聰明勇敢，相信事情可迎刃而解。

沒關係也要設法找關係，首先秀絃哥哥帶著她去鹽埕埔找朋友郭國基先生。哥哥強調，郭先生是個熱情又有義氣的人，他一定可以幫上忙。

郭國基是東港望族，日本明治大學政治系畢業，此時（一九三八年）三十八歲在法院當書記。妻為日本人牙醫鈴木久代女士，在高雄鹽埕埔新興街開設久代齒科診所。郭先生有兩個妹妹還在日本，大妹郭秀玉是齒科醫生，與鈴木久代是同學。小妹名郭秀足，正在修習婦產科。

新興街是條不寬的商店街，兩旁為二層樓街屋，哥哥與秀絃到久代齒科診所和他們見面。經過一番討論，郭先生說：

「最好的辦法是在日本有人可以找，要先找可以住的地方。妳學校都還不知道呢。」

秀絃，完全沒有見過世面的小女生，以滿是祈求協助的眼神無助地望著他。

充滿義氣又熱情的郭國基先生竟然願意提供最直接的幫忙，就是介紹秀絃去找在東京的妹妹郭秀足。先暫住她家，她會提供日常生活的協助。

「妳先去我妹妹家住，她的地方夠大，我跟她講一聲，沒問題的。」

郭先生不改其政治家豪爽的性格，繼續分析：

「以我們臺灣人的角度來說，妳將來就是『赴內地求學的本島人』。妳出國離開臺灣，要先去申請一張紙，那張紙叫做『りょけん（日文，旅券）』。」

秀絃以傾聽之姿，點頭微笑感謝，這幫助超出了原先的期待，一顆忐忑不安的心終可放下，她的煩惱頓時煙消雲散。事情有了好的轉機，老天又為她開了一條明路。

秀絃千謝萬謝郭先生的幫助，臨走時郭先生又熱心地說：「免客氣啦，有什物代誌攏可來找我。」

臺灣與日本有內臺航線，不過內臺航線的碼頭遠在基隆。當時基隆港主要是連接日本，高雄港則是通往南洋的口岸。秀絃住在高雄港邊的旗後，每天看著輪船來來往往，卻沒有赴日旅行的郵輪。

在基隆往來臺灣日本的定期船有大阪船商的「高砂丸」、「蓬萊丸」，還有近海郵航的「富士丸」等，每艘船每月有三航班開往日本神戶。秀絃選擇了二年前（一九三七年）最新啟航的豪華客輪「高砂丸」，三等艙票價十八圓。

一九三九年初，秀絃與望月姐姐確定要結伴出發了。出發前一天父親、母親帶著她到天后宮，向媽祖祈求旅途平安順利。第二天破曉時分，她們搭了第一班渡輪，從旗後到哈瑪星，再坐一小段三輪車到不遠的高雄驛（日文，今高雄港站，已裁撤）。一大早火車站前已熱鬧哄哄，滿是攤車、自動車、三輪車、拉貨的人力車及牛車，還有挑著扁擔的小販，熙熙攘攘，吆喝聲此起彼落。站前人車太多，秀絃與望月兩位少女在站前的哈瑪星貿易商大樓門口下車，旁邊有三和銀行，對面是山形屋書店。

好不容易上了火車坐定，兩人喘一大口氣相視而笑，都拿出手帕來擦擦汗。

「唉！這種天氣也會流汗。」

「行李太多太重了，東西都有拿吧？」

燒煤炭的火車，汽缸活塞往復地運動，曲軸迴轉發出「氣剎——」、「氣剎——」的行駛聲，噴出白霧蒸氣，火車蠕蠕前進。速度逐漸加快，又時而「噢——噢——」咆哮兩聲，黑色的煤煙不停地從煙筒吐出。車窗外景物，城市房舍快速往後方奔去，列車進入廣袤的蔗園地帶。一陣子後，視野益加寬廣明亮，已是一望無際的稻田，而東方是連綿層疊的山脈。

經過彰化，未及行程半途已是中午，早上舟車勞頓，體力消耗甚大，令人飢餓。月臺上有人叫賣便當：「便當～便當～」

兩人各吃了一個有排骨、滷蛋及醃漬蘿蔔的便當，也許正是肚子餓著，覺得特別好吃。從高雄到基隆的火車跑了十幾個鐘頭，雖然辛苦，但這只是日本漫長行程的一小段。秀絃第一次坐那麼遠的火車，印象最深的，是在苗栗山區。望月姐提醒她：

「這區域有很多山洞，火車過山洞時，要把窗戶關上，動作慢會被人罵喔。」

此時，大家此起彼落地嚷嚷，催促趕快關上窗戶。雖然車窗都關了，車廂內仍充滿煤煙味。漆黑的山洞一個接一個，待出了所有山洞，秀絃發現：

「唉唷，我的新衣服已經沾了不少煤塵。」

好不容易到了基隆港，秀絃與望月終於看到停泊港內的「高砂丸」，輪船長達一百四十公尺，兩座高高的煙囪，甚為壯觀。雖然住在高雄港墘，但那麼近距離地接觸大船還是生平第一次，興奮的心情讓她旅途的勞累頓時全消。

赴日郵輪啟航

郵輪啟航，一大群乘客站在甲板上，秀絃與望月也伏在甲板欄杆，看著乘客向碼頭棧橋送行的親友揮手道別，充滿興奮，又依依不捨。秀絃也跟著人家興奮地揮手：「さようなら。（日文，再見。）」兩個少女懷著夢想朝著東京的方向前去，臉頰揚起充滿自信與希望的光芒。

郵輪在下午四點準時出港，平穩地滑入東海，綠色嶙岩的陸地與崖上古碉堡在視線中逐漸縮小，最後被水平線所吞噬。站在甲板遠眺大洋的彼端就是日本了，海面鹹風吹拂而來，海洋在陽光下閃耀，令人目眩頭昏。

迎面海風吹來，眼前閃過畫面，喚醒腦中殘存的記憶，海陸景色令人自然地想起高雄，視覺經驗是如此地熟悉。每次搭船離開高雄港，回望打狗山與旗後山，也可以看見白色石灰石嶙岩。

對北方的日本島嶼，秀絃多麼陌生啊。

「月姐，東京的春天時是什麼模樣，是不是還很冷呢？」

「春天啊，楓樹銀杏都長新葉了，玫瑰花、繡球花要開花了。天氣是冷唷，四月分都還可能下雪呢！」望月充滿著對春天的期待。

在大海之中，巨輪驟然纖小無比，有如一粒塵埃，在無垠的波濤起伏擺盪。此時這世界的聲音只剩下海浪，和奏著輪機單調重複的轟隆聲，聞到鹹腥的海洋氣息與陣陣的煤炭加機油味。一群海鷗追著船尾，在捲起翻白的浪花中，或翱翔展翅，或上下飛舞，伺機急速俯衝而下，從海面叼起一條魚來。

鐵殼郵輪在海中以全速破浪前進，秀絃站在船舷邊眺望，心情就像螺旋槳攪動海水激起的浪花，水泡方圓即滅，心中回憶一幕幕地重現。望月姐注視著海面：

「北臺灣海面平靜無波，我們等等注意看，據說可見海豚競逐或飛魚跳躍，甚至鯨魚浮起來噴水。」

「真的？妳看那一邊，我注意這一邊，看誰先發現海豚！」

可惜看了好一陣子，海豚與鯨魚皆杳無蹤影。

第一天望月就在船上巧遇一位認識的男性友人，他的皮膚黝黑，眉睫濃密，但不失斯文，說是旗山人，在東京做香蕉生意。望月臉頰浮現薄薄紅暈，擠出淺酒窩，眼眸在陽光下燦然發亮。男生以含笑的雙眼凝望著她。他鄉遇故知，是多麼意外的興奮。但秀絃心想雙方同搭這班郵輪是否預先約定的呢？

夜晚兩個少女及濃眉男士一起在甲板，讓海風吹拂，觀看滿天星斗。在船上還看到一群州立高雄中學校的學生，他們身穿制服戴中學帽，很好認的。

濃眉年輕人向望月與秀紘解釋：「這些中學生在學校最後一年，出來畢業修學旅行，由老師帶領去日本各地參觀旅遊一個月。」

秀紘脫口而出：「畢業旅行去日本玩一個月，好令人羨慕哪！」

「臺灣每個中學的畢業修學旅行都是這樣，到日本旅行一個月，讓學生看看內地的建設，以提高對日本的崇拜與向心力。」

雖然她住在旗津半島，不乏搭渡輪經驗，但行駛在高雄港內海，總是風平浪靜，從來不曾在搭船時暈眩。如今出港後卻是大風大浪，那麼大的新式郵輪在海中，竟也像一葉扁舟，搖晃不止。

加上令人作嘔的煤炭機油味，船行第二天，秀紘體力便逐漸不支，一連吐了好幾回，躺在床上。無論翻向左邊或右邊，都無法安適，只覺身體像風箏在空中飄蕩，之前的興奮感已消失殆盡。第三天早晨，船行至瀨戶內海，她從圓窗向外窺探，望見出現陸地，那是九州的門司港，郵輪將在那裡停留大半天。

濃眉年輕人說：「在船上晃那麼久，我們最好下去走走，門司港的對岸就是下關市。有棟與臺灣有關的春帆樓，那是中國滿清政府割讓臺灣給日本簽約的地方。」

陸地雖是平穩，但秀絃上岸後，頭還是在晃，好像地震一樣。

年輕人接著解釋：「在海上暈船，在陸地上暈地，自然現象，一陣子就會好。」

由於秀絃身體很是疲弱，他們只是在門司港市街稍稍走一走，沒能走到下關有點距離遠的春帆樓。當天正午郵輪又從門司港出發，隔日也就是第四天早晨，灰白的天空漸亮起來，終於抵達本州的神戶。

上岸後，一行人換搭赴東京的火車。沿途秀絃好奇地觀察窗外的異地景色，只見各式和式建築、西洋建築令人目不暇給。又坐了十幾個小時的火車才抵達東京，這趟旅行可真是勞累啊！

在船上遇到的年輕人對東京熟門熟路，帶著她們坐地鐵，又協助秀絃找到郭國基的妹妹、婦產科女醫生郭秀足的家。秀絃在東京道別了這位同鄉姐姐與船上邂逅的男生。

「很感謝你們兩位的幫忙，要回臺灣時講一下喔，再一起走。」

「秀絃，妳好好保重喔，再寫信聯絡喔。」

兩個女孩約好下次結伴返臺。秀絃很高興有望月姐這位成熟又友善的朋友，可當密友的姐妹淘，應當要好好把握這段友誼。

出來開大門的是一個女孩，在玄關脫鞋時，秀足姐及她丈夫黃先生都過來，面帶親切的笑容。秀絃立刻感受到他們的友善，緊張的心大為放鬆，畢竟之前沒見過也不認識。

秀足姐很是親切：

「國基都跟我講好了，妳就安心住下來吧，當成自己的家。學校還沒有找好？沒關係，慢慢找，很多人也是來了以後才開始找的。妳先喝杯熱茶休息一下，行程太久太累了，我每次從臺灣來都要休息個二、三天才能恢復體力呢。」

秀絃於是暫時在這個東京新宿附近的傳統日式平房安頓下來。秀足姐念東京女醫學院，已修畢醫學課程，正在醫院實習，家中有黃先生和兩個稚齡女兒。此外還有大姊的女兒，特地來幫忙家務及帶孩子，讓秀足姐能專心念書習醫。這位大姊的女兒謙虛勤奮，沉默寡言，秀絃一開始還以為她是臺灣帶來的查某嫺（臺語，tsa-bóo-kán，婢女或丫鬟）。

秀絃好奇地觀察這種日式房子，通風良好，日照充足，緣廊內外開放，屋內與庭院大自然相通，這種設計令她非常欣賞。她站立緣廊往院子望去，花草芬芳，尤其是初開橘黃色的日本桂花，隨著涼風飄進屋內，幽香沁人肺腑。

平日她喜歡坐在緣廊，凝視院子裡一座石燈籠，比例合宜的春日型石燈籠。雖然玻璃拉門是開著的，緣廊與屋內間又有一扇糊紙幛子木門，好像隔著一堵堅固的牆壁，她心想，坐這裡比較不會影響秀足姐一家人的生活。

這時秀絃才開始找尋原先計劃要念的助產科學校，仔細打聽才發現日本學制早就改了。秀足讀的是醫學院，對醫科的教育很清楚：

「『濟生學舍』或『東京女醫學校』是明治時代的事，這兩所學校早已升格為醫學院，要高中畢業才能投考。」

秀絃幾乎哭出來了：「看來我要好好考慮一下，接下來要怎麼辦。」

秀絃根本沒有資格報考。原先在臺灣的資訊不足，若要按部就班，必須有高中學歷，再參加大學入學考試。不但曠日持久，首先還要遭遇無學寮可住的難題。秀足姐家說好只是短時間的暫住，總不能再給人添麻煩。

若先念高小，再念高中，時間勢必拖延，恐怕不是四、五年能夠完成的。原先的留學計劃受阻，又無長輩可商量，這難題對於一個十九歲的女生來說，壓力夠大。這時秀絃突然發現事情的荒謬，人在東京了，竟與東京學校的距離有如宇宙般遙遠，心情真是鬱卒極了。

她當時也不知臺灣剛剛有公立的「看護婦助產婦講習所」與私立的「產婆講習所」，主要是因秀絃的庶民家庭，沒有家人入公部門，也沒看報紙，資訊很封閉。

秀絃坐在緣廊，茫然地眺望前方樹叢。想著這一個多月來，一直為了找學校，在秀足姐家中煩惱地度過一天又一天，除了秀足姐與她丈夫，也沒什麼人可諮詢。

她靠柱而坐，半睡半醒，想到家裡種種，實在不甘心回家等嫁人。雖然在家也有家事可做，但稱不上個人事業前途。假如要出去工作，該怎樣去求職？

忽然想到日本報紙有不少廣告可參考，那些工商廣告，大多是徵人啟事，薪水似乎遠高於臺灣，很令人心動。但究竟只是低階工作，若在東京求職豈不變成臺勞？這樣不合乎遠渡重洋之初衷。

倒是有不少技職教育的私立學校或補習班廣告，令人目光一亮。日本教育真是發達，提供許多進修的機會，能夠習得一技之長，取得認證，是一份榮譽資格，回到臺灣也很實用。

秀絃心想：「這也是不錯啊！進修學習又能增長技能，總比空手回家賦閒好，也比出賣勞力好。」

於是她朝這個方向進行，找尋各大報的技職教育廣告，挑選規模健全的學校。

彼時男性西服已非常普及，但女性似乎較為保守，仍有許多女人穿和服，學習洋服製作逐漸成為女性需求，正處於和洋服混合之時，也可說是棄和服改洋裝的時代，洋裁技術為眾所需求，日本女性洋裝剛要蓬勃發展。這時市面上出現許多洋裁傳習所。有短期補習班性質的，也有較具規模的技職學校，例如戶阪裁縫學校、文化裁縫女學校及 Lady 洋裁學校等，都是一年的課程。

對於裁縫，秀紘在公學校已習得一些基礎，她喜歡手工藝，對服裝設計及裁縫技術蠻有興趣的。之前在家裡常做些傳統稱之為「女紅」的針線作業。

日治中期，臺灣的裁縫鋪只會做臺灣衫，裁縫師傅都是男人。雖然上海已有旗袍式的改良型鳳仙裝，但甚少流行到臺灣。日本眾多的洋裁傳習所也尚未傳到臺灣來，當時臺灣有的裁縫私塾以和服裁縫為主。一些低階的日本和服師傅或平常會穿和服的日本家眷，發現臺灣是和服的新天地，提供她們開設裁縫私塾的空間。

當時臺灣還未有洋裁或家政學校的誕生，某些城市才剛有女子技藝講習所的設立，後來這類的講習所皆升格為家政學校。

秀足夫妻對於學洋裁也很讚許，黃先生說：

「洋裁是可以讓臺灣女孩取得經濟獨立的技術。」

秀足姐也大表贊同：

「自古以來學縫紉就是女性夢寐以求的手藝，在日本，人口販子想要拐貧窮少女時，只要說『白天工作，晚上還可學縫紉喔！』無知少女聽到可學裁縫，眼睛一亮，往往受騙上當。」

既然大家都這樣認為，秀絃也覺得學洋裁是條可行之路，終於破涕為笑。

二

誤打誤撞學裁縫

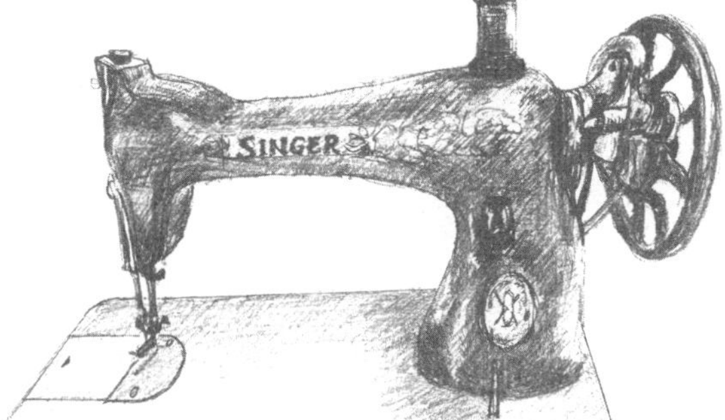

洋裁學校大門敞開

在多方比較各校後，秀絃最後決定選擇「日本洋裁學校」❻，這時（一九三九年）全日本有二十幾所洋裁學校，以「日本服裝文化學院」為最高階，它也是日本最早設立的服裝設計學校，已成為高等大專院校。此外，便以「日本洋裁學校」最具規模，這學校以國名為校名，看了就讓人很有尊貴感。

一經考慮了學校，秀絃決定去看看，第二天早上就搭乘中央線鐵道，在中野站下車，走

---

❻「日本洋裁學校」位於東京中野區，是由日本最早的縫紉機公司「パイン裁縫機器製作所」所設立。該縫紉機公司是一九二一年由小瀨與作、龜松茂和飛松謹一等三人在東京瀧野川創立。一九二九年小瀨與作在東京中野區創立「パイン縫紉機株式会社」，適逢日本洋服大流行，婦女學習洋裁者眾，洋裁傳習所或學校紛紛設立。為推廣縫紉機與裁剪教育，一九三四年十二月成立了「日本洋裁學校」，為全日制學校，之後工廠部門遷移到新址，工廠房舍撥學校使用。一九三五年十月公司發刊家庭洋裁雜誌《スマート》。戰爭轟炸中，「日本洋裁學校」結束。一九四九年以產品品牌名「蛇の目」將公司改名為「蛇の目縫紉機工業株式会社」，英文名Janome，直到今日。一九五二年四月公司又創立了「蛇の目洋裁學院」。一九六九年到臺灣設立子公司，名為「臺灣車樂美縫衣機股份有限公司」，成為臺灣縫紉領域規模最大的企業。

了十分鐘就到達學校。註冊處給秀絃報名表及一本《入學案內》的冊子，裡面有學校的詳細介紹。

秀絃回來再與秀足姐夫妻商討，秀絃說：

「學校科系分本科、研究科、師範科、速成科、刺繡科等，其中本科念一年，是最適合我的。一年的學費大約七十圓日幣，現在（一九三九年）日本一碗天婦羅蓋飯要〇．五圓，一塊豆沙麵包〇．〇五圓，所以這個學費實在公道。而且學寮的食宿也很便宜，一個月才十六圓，光是伙食費都不只這個開銷，這也是學校在資料上所強調的亮點。」

秀足姐的先生還幫忙調查出相關情報：

「日本洋裁學校是由生產第一臺國產縫紉機パイン（日文，Pine，品牌名）的大企業所設立，學校具歷史規模，建築氣派堂皇，受文部省認證，還提供學生宿舍。看來比較像個正規學校，不似一般普通補習班，或裁縫店的傳習所。」

秀足姐笑著說：「嘿！看來學校不只是教授洋裁，更像個新娘學校，也跟短期大學差不多。開設新娘學校的課程，足以獲得傳統貴族及保守人士認同，在資金上給予支持。日本人還是很保守的，送女孩進學校的主要目標，仍是期望女性成為賢妻良母，而非訓練讓女性自力更生的能力。」

當時女性最被期望的還是結婚，走入家庭的意識仍是不可動搖。秀足姐再看看《入學案內》說：「學校課程相當專業，包括裁剪、縫紉、服裝理論、服飾美學、裁縫機的調整與修理、洋裁英文、茶道或花道等。這課程不只是洋裁實作，還包括理論、美學、英文等高階內容。」

黃先生注意到一個亮點，新發現似地說：「竟然還有夜間自由選讀的繪畫、美容、手工藝、編織及烹飪等課程。」

秀絃早就注意到這一點：「那麼多課程要在一年內完成，所以時間甚為緊湊，寒暑假都只有一個禮拜而已。」

秀足姐狀甚滿意地表示：「到遠地來，能在短時間內學得技能，又拿到畢業證書，這是最理想不過的。」

在郭秀足家住了幾個月，秀絃搬出來，進入日本洋裁學校的學寮。在學校付了學寮住宿費，也住得自在，免再繼續給人家添麻煩。

學寮設備完善，舍監親切，還有眾多同學可交流，生活變得有趣多了。這樣秀絃終於把心安頓下來，第一個晚上睡了整整十個小時。有學校可念，心中巨石就放下了，連走到街上，都宛如行走夢中。

學校在東京的中野區，校地廣達二千多坪，房舍是和洋混合風格的建築，前棟是西洋「近代折衷式樣」，如大學般地氣派，校園內種有一排美麗的櫻花，及好幾棵柿子樹。

學寮宿舍在二層樓木造建築的樓上，八位同學合住一個廣間的榻榻米房。這樣的廣間有好幾間。

安頓妥當，秀絃慢慢地認識室友。一位同寢室的杏子，來自北海道，膚色白皙，容貌秀麗。由於杏子與秀絃都是從很遠的外地過來的，志同道合，因此感情特別密切。兩人坐在榻榻米上聊了一整天的話，就像茶掛「話盡山雲海月情」所描寫的情景。

杏子稱讚秀絃：「絃子，妳描述事情像講故事一樣精彩，使人愈聽愈有味，令人想繼續聽下去，我很喜歡跟妳聊天。」

秀絃睜大眼睛對著杏子，訝異地說：「真的！我還是第一次聽到人家這樣說，原來我有說故事的天分？」

「是啊，聽妳講話如沐春風，讓人輕鬆愉快呢！我們鄉下人就是笨嘴，再生動的故事出了我的口，一點味道也沒有。」

黃昏的薄靄逐漸籠罩下來，外面突然下起滂沱大雨，晚飯後雨仍未停息。

秀紘：「日本比高雄潮濕多了，陰雨的日子，泡一杯茶最是溫暖。」

秀紘拿出臺灣帶來的鐵觀音，兩人繼續聊著。杏子說：

「學校是縫紉機製造公司所創辦，校舍是以前的辦公室與廠房，所以有用不完的空間及設備。」

「校舍第一排樓下是行政辦公室，註冊的地方，妳已經去過了。二樓是講堂教室、裁縫實習教室和整容室等。整容室就是假縫試穿室，裡面擺了很多木製模特兒衣架，與我們真人身形尺寸相仿，據說是巴黎進口，還有好幾面鏡子。我們縫紉機是自產的，足夠一人一臺。」

「第二棟是宿舍，我們住的地方，包含寢室、食堂、廚房及公共起居大廳等。」杏子娓娓道來。

這些基本情報，秀紘事先都不知道，她們日本人平常從報章雜誌及親友聊天，自然瞭解，杏子只比她早一天來，但好像一切都瞭若指掌。杏子隨便聊的事對她而言，都是新鮮事。但杏子不怎麼興奮，似乎心事重重有什麼隱憂。

這時杏子無奈地表示：「其實我們鄉下現在很不景氣，戰爭的關係，物價飆高，尤其米價飛漲。我都不知是否能在這撐完一年呢。」

「況且，我哥哥又被徵調入伍，到滿洲去了，我父母兩個老人家做得很辛苦。」

秀絃：「《入學案內》說學校可輔導就業，擔任我們公司縫紉機分店職員、才藝班專屬老師、或留校當助教，看起來都是不錯的職業。」

「能夠當職員上班，雖然很不錯，但我們東北地區災害頻仍，農作物常因寒害歉收，家裡勞力需求大，我還是必須先回去。」

「縫紉需要天分嗎？其實我笨手笨腳的。」杏子忐忑不安地問。原來她也有這個隱憂，鄉下人較謙卑，總是缺乏信心，比不上都市人那麼充滿自信。

「其實我也在擔心這點，既然來了，沒有退路，只有努力下去，我準備多花兩倍的時間把裁縫技術學好。」秀絃安慰她。

「說的也是，裁縫學生現階段需要的不是天分。不能用天分來當放棄的藉口。我們要加油！」

「將來要穿自己做的衣服。我們要才華洋溢！」

「我們要做自己喜歡的衣服，我們要出類拔萃！」

晚飯後是住宿生的自由活動時間，晚上八點到十點是自習時間，十點過後是熄燈就寢時刻，不能再交談。寄宿是團體生活，每天嚴格的起居，規律的作息。

從同住同學的自我介紹，可發現大家來學洋裁的主要目的，就是為了學得一技之長，並且以此謀生，補貼家用，至少可為結婚前景加分。只因興趣而入學，是極其少數。而秀絃都不是，既不是為謀生，也不是為了什麼理想，而是因緣際會進來。既然到了日本，助產科進不了，也必須選一種看來還不錯的科目。

這些同學來自日本各地，大多是東京本地人，少數由遠地來，例如北海道、琉球、朝鮮與來自臺灣的秀絃。

同學們大多來自小康之家，因為真正的千金小姐，中小學畢業就專心準備結婚嫁人。她們過的是「今日は帝劇、明日は三越」也就是「今天去帝國劇院看戲，明天去三越百貨逛街」的日子。要不然就約幾個密友去喝咖啡或喫茶。

同學谷崎：「有錢人假如想學點什麼，她們會去拜師學茶道或花道。」皮膚白皙，有著明朗臉龐的東京本地人谷崎小姐，對於貴婦的生活很是清楚。

杏子補充說：「至於較窮人家，也不會來上課，因為她們早在工廠、商店或幫傭工作謀生了。」北海道鄉下來的杏子，差點就去工廠當女工，她對於窮人的困苦瞭若指掌。

同學中有位黑田小姐，來自九州福岡，跟其他同學沒有兩樣，可是杏子有天卻私下告訴秀絃：

「絃子，妳知道嗎？大家都在交頭接耳議論紛紛，黑田可是大戶人家，是福岡的第一代藩主，在福岡有大批的房地產，黑田出生自如此名門，怎麼會來學洋裁？」

「哎喲！從德川家康到現在三百年了，不知傳了幾代了，她那一支家道中落是很有可能的。也可能她是把我們學校當成新娘學校。」

秀絃語帶得意，多少知道點德川幕府的故事，其實是在秀足女醫家寄住無聊的時候，抽取一本日本歷史的書來解悶，因此瞭解一些日本戰國時代的故事。

女生天生就是注意外表打扮，最讓秀絃驚訝的是每個同學都是洋式小燙髮，從高雄來的時候，高雄的日本婦女大部分都還是島田式❼傳統婦人頭，還以為來時也要去做個島田髻。據說島田髻又油又難整理，沒想到在日本島田頭卻不多見了。

❼島田髻是日本舊時流行的女性髮型之一，緣自於江戶時代的靜岡縣島田市，直到昭和初期仍可見婦女梳理。

跟著生活走的洋裁史

學校裡課程不少，說來還蠻有趣的，例如和洋裁理論、織品種類、編織技巧、剪裁技藝、服裝設計及衣物修改等，此外還有英文、美容、美術、音樂、茶道等培養美學素養的課程。假如單純洋裁課程，在一般補習班半年就結業了。

同學谷崎：「我們號稱學校，就是增加了這些額外設計與美學的課程，需學習一年，也才足以納入文部省的技職教育體系。」

杏子結論：「簡單地說，學校比一般教習所多的是一些理論。」

一開學，校長山口千代子來上第一堂課，她開宗明義介紹日本洋裝發展的歷史，一切事情都發生在不久以前，大致是：

「女性和服與洋服比重的分水嶺在一九二三年的關東大地震，地震之後，因經濟與社會動盪，為了生存，一切從簡。尤其對於衣服不再繁瑣講究，身著簡易洋裝，也就是連衣裙，拖著木屐就能上街出門。婦女們終於體驗到洋裝的便利，洋服因而迅速流行起來。」

校長繼續說道：

「日本從大正到昭和時代，社會變遷很大，尤其女性服裝界是變化最快速的時候。日本婦女穿胸衣內褲也是這幾年的事，一九三二年東京白木屋火災❽之後才有的。之前日本和服內的中衣特地壓平了胸部，不讓胸部突出。底下是襯裙，而不是襯褲。」

好像聽到奇風異俗，秀紘與杏子愣住，面面相覷，同學們聽了也目瞪口呆，繼之掩嘴噗嗤而笑。

校長斂容正色：「現在我們穿著便利的洋裝，妳們也許覺得理所當然。但在日本穿著洋裝不過是十八年前才開始的，學校的學生先改穿洋裝制服，接著公共汽車的車掌小姐才改穿洋裝。」

「雖然洋裝已經普及，但請人量身製作洋裝仍是昂貴的。」

秀紘思忖，配合社會發展與個人技能的需求，就是來學習洋裁的價值吧。

此外，同學們還流傳另一個坊間說法，東京人谷崎小姐補充說明：

「二〇年代的關東大地震曾引發火災，穿著和服的日本女人，在慌亂中和服衣袖與下襬容易被纏住，脫也難脫，跑都跑不動，一下就被火燒死了。婦女發現穿洋服行動方便，於是

❽白木屋是東京日本橋的大型百貨公司，樓高八層，一九三二年十二月發生大火，四層以上全燒燬，高層樓女性垂繩逃避時，因和服不穿內褲，下襬被風吹開，疑因隻手壓住遮羞，無力握繩而摔落，因而甚多死傷。

流行穿起洋服。」

谷崎認真地強調：「我說的是真的，要是我說謊，就吞下千根裁縫針。」

谷崎薄薄的嘴唇，講話伶俐，愈說愈認真，大家睜大眼睛直視著她。也是東京本地人的千惠，小小眼睛又單眼皮，以手掩嘴笑著再補充說：

「校長說的沒錯，日本和服內原本是不穿內褲的，自從一九三二年日本橋的白木屋百貨店發生大火，店員和顧客在煙霧中倉惶逃生。樓上的人攀著繩索滑下來，穿和服的女生緊抓繩索往下滑時，被風一吹，和服翻捲起來使下身走光。深覺羞恥的女人，緊急用一手按住衣服，但是光憑單手無法支撐重量，隨即失手摔死。白木屋火災之後，日本女人才穿上西方傳來的內褲。」

田中佐紀悠悠說：「我們的內褲可是多少個姐姐們的犧牲換來的。」

雖然是個下場悲慘的故事，也是有人抿著嘴笑出來。

量體裁衣，培養裁縫技術

日本洋裁學校是職業技術學校，課程最重實習，也占最多的時數。實習課開課，由副校長押切今朝枝女士主持，她說：

「洋裁與製圖計算有各種樣式，各校也傳承不同流派。其中歐美的剪裁原理，因洋人身材體格、風俗習慣與我國不同，引進時必當斟酌。本校採取獨特之綜合教學，站在實用角度，選擇自由應用。我們盡可能避免浪費時間，在各科修業期間，達到最大效益。依照我們新教學法，自入學當日，即教授實際技能，在年限內培養卓越實力。」

第一堂課學生就得製作自己的工作圍裙，當然專科學校的作品不能太簡單，要增加一些困難度與技巧性。所以這件圍裙被要求要有荷葉邊的裙襬，加上額外的鈕扣、雙口袋、蕾絲鑲邊，還有工作帽。

老師：「剪裁縫紉技藝是我們課程的核心，首先拿布尺在人體實際測量，再設計製圖、繪紙版、剪裁布料，粗縫試樣後，試穿、修正和縫製。要真正穿上身，衣服才有生命喔！」

「做衣服的基本要求是手要洗乾淨，很多布料是很昂貴的，絕不能弄髒，乾淨的手才有恭敬的心，做事才會細心，妳們到神社第一件事不就是洗手？這是同樣的道理。好，妳們大家通通給我排隊到盥洗室去洗一下手。」

同學畫完一個樣版，便拿去給老師看。老師的衣服配色總是恰到好處，胖圓的笑臉，如惠比壽的福神。

「老師，請幫我看看，我劃的線可以嗎？」

老師微笑地回答：「妳留的縫線邊太窄了，將來不好車，容易脫線，幸好妳有先問。」

老師走到講臺：「各位同學，大家注意！妳們縫線邊的縫份要多留一點，至少一公分。車好線後，有必要還可以剪窄一點。」

「對了！還有布紋圖案，要注意方向的一致性，兩塊布料拼接位置的花要對齊。」

下一堂課，同學拿起剪刀沿著劃線裁剪，然後縫布邊，以免布邊虛解，驗證上節課留縫線邊的目的。老師先示範步驟，微笑的惠比壽福神老師，一舉一動氣定神閒，連執針縫線竟也那麼優雅。

有的同學每個步驟都拿給老師看，以確保步驟的正確性。還好，同學們基本問題都只問一次，不會笨到問第二次，畢竟大家是有志於此的專業者。

手工縫線是最基本的工夫，但老師要求最高品質。秀絃認真地一針一線，聚精會神，專注在針點的平直與針目。但愈是小心，在用頂針時，針尖從布穿出，卻直直地刺進手指。指尖立即冒出血珠，也沾染了布，秀絃不禁哇的大叫一聲。

同學安慰說：「學裁縫沒有不受傷的，沒被針刺過，就不會成為裁縫師。」

同學們多少會受點小傷，最多的是來自頂針及縫鈕扣。

同學們在手忙腳亂中，忽然啪一聲，有人把剪刀掉在地上。老師氣急敗壞地怒吼：「幸好這是木板地，若是水泥地，剪刀就碎了。這種大裁縫剪刀是鑄鐵的，硬而脆，不像一般文具小剪刀，摔不壞。」

「而且剪刀掉地對我們裁縫師是忌諱，聽說會帶衰的。」

老師慎重的每一句話，都鏗鏘有力。

踩縫紉機是手腳並用的細膩動作，手腳身心的速度都需要互相配合。剛開始操作縫紉機，腳踩踏不順，或以右手拉動輪盤的力道不穩時，就可能會發生倒車現象。多練幾次之後，動作終能得心應手，手腳與機器宛如一體，這很像學騎腳踏車，熟練後用身體的自然反應。但一開始還是會車線不直，線跡歪斜。拉布進料的速度也要配合機器，否則縫份會突起。

老師看了學生的瑕疵初作，馬上說：「這不能看！拆掉重車。」

不得已拆了又車，車了又拆。有時做得差強人意了，但老師還是不滿意，讓人覺得老師是故意找麻煩，這樣下去，車縫竟變成不可能的任務，有人還因此做惡夢。但後來慢慢才體會，這就是磨練，多練幾次熟能生巧。不久之後，大家也都車得很熟練了。

秀紘告訴杏子最終心得：「裁縫課給大家的訓練，就是培養耐性，每走一步之前都要先想好下一步該怎麼做。前面有錯，後面也會跟著錯。」

學校第一次考試是製作一套洋式睡衣，包括上衣與短褲，必須在兩個星期完成。老師給同學三張圖樣任選，以自己為模特兒。這作業看似簡單，但包括了所有所學的基本技巧，老師強調必須合宜美觀。這套睡衣的上衣胸部有蕾絲，衣下襬有荷葉邊，短褲下襬也有荷葉邊。睡衣選用便宜舒適的棉布料，倒很適合學生試作。

睡衣完成之後，每個同學分別穿著自己的作品走秀給老師評審，沒想到這簡單的考題問題不少，老師有好多意見：

「妳上衣的蕾絲太多，感覺很厚重，有失睡衣風格。」

「腋下的地方不合身，多餘的布都突出來了。」

「這條褲子太寬大，上下不配，睡衣也要看了舒適才好。」

「上衣太緊，睡覺時會不舒服，洋睡衣可不像日式中衣緊壓胸部。」

「妳車縫不平順，有些地方縮縐起來，這是縫紉機基本技術問題。」

「大部分人的胸部都不合身，這也是洋裝與和服很大的差別。一般洋裝裡面是穿一件緊身胸衣，托高胸部。」

「妳這睡衣色彩太豔麗了，睡衣還是素一點好，讓心情沉澱好睡覺。」

以同學的程度作出來的作品，最困難的是在胸圍和腰圍，倘若不合身，皺皺巴巴的就不好看了。

要操縱一臺縫紉機，零件的使用是基本常識，例如梭子捲下線，安裝梭子、穿上線和注入機油等等。學校的課程中，每週有一小時的縫紉機調整與修理，有系統的教導，使大家對於縫紉機的機械構造原理瞭若指掌，在縫紉機的操作與調整上能夠得心應手。

同學好不容易克服基本技術問題，惠比壽老師進一步說：

「服飾是實用的產品，提供人體保暖及遮蔽。但服飾也是一種藝術，是立體的藝術，而繪畫、書法是平面藝術。」

「因為身材不一，沒有一件衣服是相同的，但基本原則一樣，大家要動點腦筋，舉一反三。」

惠比壽老師輕鬆地笑著，狡黠地宣告這個原則，因為有的同學為了創意，哭喪著臉，不知如何變通，也想不出具體方向。例如買進的布匹難免不平整，尤其方格圖案的布若是不平，馬上露餡。所以在剪裁前要先整理布紋，才不會縫得歪斜變形。

同學又學習裁縫的各種技術，例如弧線縫、包覆縫、滾邊布包覆、拉鍊安裝、腰帶製作、褶縫及厚薄布縫之技術等等。

同學們共同的心得是，做一件衣服要有耐性與頭腦，客人穿著好看與否，也是我們的責任。即使按圖施工，沒有職人精神，也不會做得完美。

學校的服裝理論老師，是從「和洋女子專門學校」過來兼課的教授西優子，對同學們講授比較高深的學問：

「洋裁是一門工藝，必須同時具備天分與努力，學習並追求美的領悟，這是與傳統裁縫學徒不同的地方。」

「人對於美的感受力是天生的特質，有些人對色彩和設計有敏銳的判斷力，每每能穿戴適當，表現風格。提到穿戴，我們又必須瞭解服飾是有生命的，要考慮如何讓衣服展現出它的生命。」

講堂課不動針剪，是大班制，四十幾人在課堂鴉雀無聲，注意聽這似懂非懂的道理。

「一個正式場合，若是穿著不當，形象就毀了。」

谷崎以促狹的眼神看著老師，然後提出一個深具智慧的問題：

「既然美感那麼重要，要如何培養美學能力呢？」

西優子老師思索了一下，回答：

「藝術是一種天分，但也是可以學習的。我從前也曾困惑，但我相信多接觸藝術，可培養美醜的鑑賞力。」

「裁縫界不應只是追求縫製工藝、衣服性能和外觀的模仿，而缺乏對服飾文化的認識。實際上僅靠工藝技巧，對於一個裁縫師而言，遠遠不夠。希望妳們將來做個裁縫師，而不是裁縫匠。」

「只有瞭解服飾歷史、服飾風格及雕刻、美術、音樂、建築及文學等各領域知識，才能對服裝製作有更深認識，做出有藝術水準的衣服來。服裝製作體現了裁縫師本身的技術和藝術造詣。因此，裁縫師本身的修養，也就決定了作品所能達到的藝術程度。」

「裁縫師再踏出一步，就是服裝設計師了，妳們也都做得到，這一步就是藝術與創意。」

同學們一時不瞭解那麼多，只顧聽講作筆記。

谷崎：「道理說來沒錯，但缺乏歷練的話，是無法感受的。常常眼高手低，免不了挫折感。」

西優子老師：「對於衣服美學的培養，妳們平常隨時都可學習，像在銀座、百貨公司、公車上、街上，觀察人們實際穿著，看看服裝顏色的搭配。此外多欣賞繪畫、雕塑、建築、音樂、文學等藝術。」

老師說著嘆息道：「雖說如此，但對許多人也是沒有用的。我發現有些人長期浸潤在藝術環境，還是缺乏審美能力。」

停頓了幾秒，西優子老師的結論是：

「服裝設計或藝術創造，需要的是豐富的想像力。」

看來藝術的素質還是天分重於培養，藝術訓練雖然有效，但並非特效。現代服裝設計與裁製的角色，基本上可以說，服裝設計的最高境界是服飾思想的呈現，幻想的具體化。有些設計師會設計，而不會縫製，那並無不可。很多名氣大的設計師即使會縫製，但毋須自己動手，只要負責設計就可以了，縫製交由裁縫師承作。

「衣服縫製基本要求是嚴謹實用，所以手藝技術是必要的，對於一個熟練的裁縫師來說，技術不應該是問題。」

「而裁縫的最高層次是，僅看到模特兒的穿著就能模仿，繪製版型，但這只是技術層面，還是缺乏創造與設計成分。」

西優子老師進一步指出：「設計圖的繪製，雖然不受拘束，能自由創作，但實際裁縫難免受限於布料與技術。所以具有縫製能力的設計師較能反映其原始理念，否則製作完成的衣服與想像差距太大。就好比希望表現飄逸效果，但拿卡其布來裁製，那是不合實際的。」

「布料素材的選擇，視表現效果而定。衣服不僅是保暖飾品，能顯現體型美觀，甚至布料動感，也是服飾的藝術。」

「所謂服飾，不只是衣服，還包括搭戴的飾品配件，要求整體的效果。」

學校課程不只裁縫，還包含時尚，課程裡就有一堂服飾美學。在時尚的模式，從腳趾到頭頂搭配各種服飾用品，相關的飾品有鞋子、絲襪、手套、皮包、披肩、帽子等，都讓人大費思量傷透腦筋。此外，耳環、項鍊、手環、戒指及手錶等也都是時尚飾品。

文學、時尚、美容與洋裁之間的關係，並不只有表層連結，因此之故，洋裁學校的課程，除了剪裁縫紉的學習，也提供文學、時尚與美容的知識。

一九三〇年是講究優雅的年代，都會女性出門大多會穿戴帽子與圍巾，一點也不隨便。不像現代，講求簡單、舒服、方便。

秀絃對杏子表示她的心得：「學了洋裁，不知不覺地會注意自己形象，對於衣服更加挑剔。因為若是穿著不當，感覺好像大家的眼睛都盯著自己，這樣是出不了門的。穿著得體是裁縫師基本的形象示範。」

杏子：「看來到本校學習洋裁不壞，對形象氣質都有改善。」

學校課程還包括修補衣服，雖然修補衣服不像服裝設計製造那樣有創造性，卻是一門實用的技術。修補衣服的手法不同於新裁衣裳，課堂上提供了各式修補技巧，坊間裁縫師傅可能要摸索多年才能累積經驗。但學校利用有系統的教材，匯整師傅多年的經驗，逐一傳授，是很值得的學習。

在日本，服裝修改自古以來是一大行業，直至江戶時代，織品仍然昂貴，庶民們穿的多是二手或三手舊衣，一件衣服縫縫補補可穿上三代。據明治初期統計，日本擁有舊衣舊物鋪買賣執照的，就有三千家以上❾，可見舊衣市場規模之大，至今日本古董市場裡，舊和服與古布的買賣仍是一大商務。

秀絃從洋裁學校畢業後，日本經歷慘烈戰事並宣告戰敗，社會正值物質缺乏與窮困的年

❾ 茂呂美耶，《江戶日本》，二〇〇三年，臺北：遠流。

代，小孩衣服都是拿大人衣服來改製，穿在裡面的內衣褲更是舊衣拆下來縫製的。同學們學習的衣服修補技術正好派上用場，最適合時代所需，對於裁縫師當時的業務而言，是修補衣服大於新製衣服的市場。

和服的雅文化精神

日本人有很深的和服情結，平常少穿著，但在正式的場合仍以和服為重，基本上新年、成人式、婚喪儀式會慎重地穿起和服，是日本雅文化的代表。

秀紘之前對和服一無接觸，是學校和服老師美佐子為她打開了和服的一扇門。美佐子老師在和服課上親切地解說：

「雖然到學校要學的是西洋裁縫，但是對於傳統和裁也要有所認知。這是很實際的知識技能，因為妳們出去以後，都會碰到和服拆舊換新的機會。」

教和服的美佐子老師，以自己穿的和服作介紹。她穿了一套緺紋結城綢和服，白茶色底棕色細格紋，裡面穿白色半衿襯領❿。暗紅腰帶上有牡丹藤蔓圖案，綁了白橡色扁平細條織繩。

格紋圖案簡潔明快，整體配色上乘，美佐子老師溫婉、樸素、優雅。她穿著結城綢和服

❿ 半衿襯領又稱中衣，縫製在內衣與外衣之間的襯領，是配外衣的穿搭。

的氣質是那樣清雅，笑容婉約，在她身上感覺不到世間絲毫的戒心。

美佐子老師微笑著：

「我喜歡縐紋結城綢的質感，妳們摸摸看，綢布表面有隆起細小皺紋，給予舒適的肌膚觸感。結城綢的和服輕柔保暖，令人有幸福感，從紡線到織布都是手工製作，需要精巧的手工藝。」

「和服的四要素是和服、腰帶、細條繩和腰帶背襯。和服搭配的樂趣在於顏色與紋樣交疊產生的協調。」

有同學問：「腰帶要如何選擇搭配？有沒有什麼原則？」

日本人穿和服，腰帶的安排是一大課題，令人困擾，因此馬上有同學問這個問題。

美佐子老師回答：「和服腰帶的選擇，基本上腰帶顏色選和服上有的顏色，也就是同色系，這樣就不會太差。先從和服圖案的顏色選取，使其高尚和諧，還可加上點綴小物。但是年輕人通常喜歡活潑感，選擇色調反差大的亦無不可。」

高檔腰帶圖案花色通常由腰帶名家所設計，並選用上等布料所製作。日本人常說，和服可穿三代，便透顯出其風韻之美。

美佐子老師揚起嘴角笑說：「相信妳們將來會以穿洋裝為多，但是我們一成不變的生活中，有時改穿和服，享受和服的靜態之美，變化一下妝扮，能帶來新鮮的樂趣。」

氣質優雅的美佐子老師，是從前拜師學藝，傳統師徒制出來的。師傅傳授技藝甚為嚴厲，動輒怒罵或伸手打人。而現代學校教育，只是上幾堂課，不時興傳統那一套，還是現代人比較幸福。

同學田中說：「和服是直線條的，不露身體曲線，正可以遮掩身材的體態，這是和服的優點。」

惹得大家哈哈大笑。

和服沒有身材輪廓線，直線式的設計有靜態之美，但容易弄髒袖子或勾破縫線。不如洋裝方便行動。

和敬清寂的茶道美學

學校的茶道課，全班前往一位裏千家⓫老師的茶道教室作校外教學。這是一座標準的平房日式廣間，面積達十五疊榻榻米大，有床之間、次之間（日文，次要的小房間）、勝手（日文，廚房）及違棚（日文，棚架），安靜又清雅。

進入茶室之前是典型的茶庭，樸素簡約的庭院大門，地面碎石與青苔綠地相映，幾棵精心布置的小樹，綠意盎然，無任何豔麗繽紛，只見各種綠色深淺不同的植物組合，沒有多彩花朵予人的雀躍，眼前盡是生命的清寂。此刻感受大自然的喜悅，心情卻是寧靜的。

同學們踩著露地上不工整的飛石（日文，腳踏石），屋簷旁有半身人高的花崗石手水缽，供客人潔淨雙手。手水缽斜後方立著一座高大的石燈籠。茶庭裡的青苔、植栽及石頭濕漉漉的，想必才剛灑過水，用清水洗淨腳下汙濁和凡俗塵埃，以示主人待客的誠意。

同學先在名為「待合」的長椅坐下，等「貴人口」⓬的拉門打開，陸續踏進茶室，一個

⓫ 裏千家是日本茶道的一個最大的流派，為茶聖千利休之後人所創。

⓬ 貴人口是茶室入口，客人可筆直走進茶室，有別於彎腰才能鑽入茶室的躪口。

接一個地拜見「床之間」上掛物，這是一幅充滿禪意的書法「話盡山雲海月情」。臺目上有花入及香合（日文，花瓶及香料盒），籐編花器只插上一朵紅茶花，醒目而充滿寂趣。同學欣賞花入與茶花，又拜見了香合，然後跪坐在客席，雙手擺放膝上，待大家都坐妥，亭主與同學禮貌地寒暄兩句。

帶我們來的學校老師，她坐在床之間旁，指著茶掛彬彬有禮地問：「這幅茶掛『話盡山雲海月情』意境真好，相談不厭而無心機，書法筆意也樸拙真情至性。」

亭主親切帶微笑地回說：「這是佛教禪宗語錄，來自禪門第一書，南宋圜悟克勤禪師編輯的《碧巖錄》，書法是一位高僧所寫。」

老師似有發現：「茶掛通常由高僧所寫嗎？」

亭主不疾不徐地說：「能夠找到高僧寫的是最好，高僧能寫出禪意的語句與書法。啊！讓大家久等了，我去點茶吧。」

點前席整齊擺設了所有茶具，鐵釜、水指、茶入、茶杓、茶筅、茶碗等，一只柴燒窯水罐放在鐵釜與火爐旁。著和服的亭主優雅地跪坐，把鐵釜放在爐上燒水，神閒氣定地取出細緻的茶入，以茶杓舀出抹茶粉放入茶碗。不久鐵釜內的水開始沸騰，發出松風之音的煮水聲。亭主以柄杓舀水入茶碗，再以茶筅快速攪打茶湯，直到冒出細沫。

在亭主點茶進行中，助手呈上和菓子，是塊粉紅色的羊羹，同學以黑文字（日文，竹刀）將羊羹切細入口，品嚐美味的和菓子。不多時亭主點的茶也好了，為同學送至跟前，她恭敬跪地十指貼地作揖，同學們雙手扶著鋪席，彎腰回禮。

杏子向秀絃解釋：「亭主身為我們茶道老師，竟如此恭敬地向學生跪拜，這就是茶道的待人之道。」

此時端給秀絃的是一只志野茶碗，厚厚的白釉就像裹著厚薄不均的白糖，碗面觸感溫潤。秀絃把茶碗托在掌心，由左向右轉一圈，一面欣賞茶湯，三口飲盡，在最後一口發出喝湯聲響，以表對茶湯的讚賞。

亭主與助手氣質高雅，點茶動作從取物、擦拭茶器及點茶，每個過程洗鍊優雅，舉手投足嫻熟俐落，絕不會手忙腳亂或拖泥帶水。這些儀式流程看似容易，但等同學上場演練時，就錯誤百出了。所以需要多次地練習，身心合一，才能達到和、敬、清、寂的境界。

其實學校的茶道課只是個體驗課，同學輪流做一次而已。

杏子細聲地說：「據說疊手巾需要三禮拜才能熟練，怪不得茶道可以學上幾年。」

茶道老師說：「妳們也可以進行一個人的茶道，沒有客人來訪，為自己一人點一碗茶。透過煮水點茶的流程，如宗教般的儀式，安頓自己的身心。」

少數幾個講究的同學，穿著和服來上茶道課，當然是樸素適合茶會的和服，而不是會客的華貴正裝，正統茶道是講究侘寂樸素的。但是大部分日本同學竟和秀絃一樣，是第一次體驗茶道。明治維新後，日本社會急速西化，茶道被視為老舊傳統，於是就被一般庶民揚棄了。

日本茶道重點不在於可口，動作與流程是茶道的基本，最重要是在精神層面。最後養成日本女子傳統的溫柔婉約，成為一個大和撫子⑬。

⑬ 大和撫子是日本意識形態上的傳統女性象徵，比喻性格文靜、溫柔穩重，並且遵從三從四德，又能夠相夫教子的女性。

擦脂抹粉美容課

女生無不愛美的，美容課是大家興致勃勃期待的課程。美麗打扮要有合身的衣服及合宜的妝容搭配，化妝與時尚衣服彼此緊密而不可分。所以學裁縫也要有美容知識。

美容課是理論與實務並行，老師是山野千枝子，日本的美容權威，她創設日本第一家丸之內美容院，也是日本模特兒俱樂部的主持人。千枝子說，原則上西洋美容要呈現立體感，淡妝為宜，腮紅決定臉型，強調口紅的使用。

當時秀絃所知的化妝品只有椪粉、胭脂與明星花露水，而日本化妝品種類早已五花八門，學校教授大家有關化妝品的性質，上妝順序及使用方法。

「若是參加晚宴，最好沐浴過後二十分鐘，再開始化妝。洗臉後先用化妝水輕拍臉頰，將乳液塗抹在臉部，以手指畫圈圈。」

「接下來先上一層薄薄的雪花膏，輕柔擦拭並拍匀全臉，可使用乳液保持臉上光滑細嫩，最後用粉撲抹上腮紅。」

三〇年代，大家崇尚的是不太明顯的妝，創造健康妝容，保持肌膚豔麗與光澤的自然美，而不是從前幕府時代流行的濃妝豔抹。進入昭和時期，除了藝妓，已沒人會把整張臉塗得白撲撲的。

秀絃化妝打扮的習慣也是在這裡啟蒙，鄉下遠地來的同學都是素顏，未曾有化妝經驗。而東京的同學到底是都會女子，她們對化妝早已嫻熟。於是由她們來複習如何使用粉餅、乳液和口紅等打扮的基本體驗，大家歡樂地在交誼廳玩起妝扮遊戲。

燒得一手家常好菜

學校既然有學寮宿舍，也就有廚房。廚房是大家最喜歡活動的場所，下課後寢室之外，同學常在此碰面，這是個便於往來的地方。

在那個三〇年代來自女性的自覺，廚藝也是婚嫁提高身分的時代，同學們多少已具有一些烹飪能力，常在此各展手藝，互相學習。

學校還利用晚上開了選讀的料理課，這也是大家興致勃勃的實用課程。老師是某大餐館的名廚金子一熊，他教了幾道家常菜，讓學生畢業後，能立即走入廚房，展現令人眼睛一亮又有質感的手藝。

名廚金子一熊不藏私：「煎魚的關鍵是避免魚肉乾硬，祕訣在於油封。鍋子放油加熱後才放魚，再加短暫的大火高熱，使魚表面快速燒至金黃，又立刻翻面，這樣魚肉水分來不及流失，所以煎魚皮脆，而內部多汁。」

他還提供炒菜技術：「中華餐館炒的菜特別好吃，也是有祕密的，炒菜前先把菜汆燙一下，也就是把菜丟進水鍋加點油，燙一下再來炒，這樣子的炒菜特別香甜。」

當時流行可樂餅，秀絃也很喜歡。可樂餅容易做又好吃，用馬鈴薯泥加點絞肉、麵粉、蛋液，放在油鍋炸成金黃色，就成一份香噴噴的可樂餅。當時很受歡迎，流行著這麼一首歌：

「今天又是可樂餅，明天也是可樂餅，娶了老婆很高興，天天都是可樂餅。」

名廚還教大家蒸蛋糕，是用蒸籠蒸的，而不是烤箱烤。蒸的蛋糕鬆軟可口，用每家現有的廚房鍋具就可做，無須烤箱。

咖哩氣味濃烈，在當時的日本是新興料理。據說征露戰爭後由軍方流傳到民間，也很受同學喜愛。煮法很簡單，可以做成咖哩魚、咖哩雞、咖哩牛。可樂餅也能放，成為咖哩可樂餅飯。

「令人驚訝的是，日本人吃蕎麥麵竟是用吸啜的，稀哩呼嚕地吃，我若在家裡這樣，一定會被罵沒教養。」

學寮平常吃的當然是日式家常菜，秀絃很納悶：

「妳們的新鮮蔬菜怎那麼少，只有幾口醃醬菜。水果也很少，蘿蔔與小黃瓜竟都被當成水果。」

杏子說：「日本地處北方，就是缺乏蔬菜水果，尤其冬天時，更沒有新鮮的蔬果，我們北海道整個被雪覆蓋呢！」

一般的主菜有炸牛蒡、魚板、甘露煮香魚、烤香菇、玉子燒、天婦羅及茶碗蒸等。但秀絃覺得在日本吃得不夠豐富，比較起來，臺灣雖然落後，但她在高雄家有吃不完的海鮮與水果，臺灣真是物產豐饒的寶島啊！

秀絃在學校學到了不少日本家常菜，回臺後就常煮咖哩、可樂餅、壽喜燒、羅宋湯、天婦羅及蒸蛋糕等等。出國學洋裁，也學會了生活，對秀絃來說蠻有意思的。

學校很重視清潔，每月初都會對教室、會客室與廚房來個大掃除，全校師生都要參與。大家乒乒乓乓地換上工作圍裙，到教室集合。老師把工作分配得很詳細：

「第一組負責掃地，第二組擦傢俱，第三組擦牆壁，第四組擦玻璃，第五組擦地板……。」

擦地板的人，手拿抹布跪下來擦。擦牆壁的人，每個角落，門框與門柱等都要擦到。水龍頭扭開，自來水沖下來，水聲嘩啦地流不停，水用得方便又過癮。秀絃在高雄旗後家，每滴水都要從水井打上來，用水從沒有那麼大方過。大掃除把教室宿舍洗擦得非常澈底，可謂一塵不染了。

同學人多，半天就把大掃除工作做完，大家一起勞動，提高不少士氣，友誼在和睦氣氛中慢慢升溫。大夥兒也不覺得累，反而都興致勃勃。

教詩歌的勝田香月老師教同學一首播州的紡布歌謠，歌詞清晰簡潔，大家一面大掃除一面哼著，多年之後秀絃仍然記得：

美伊代呀，妳在紡布啊？
手上拿著機杼，
是在為誰紡布？
唧唧，鏘鏘，
唧唧鏘。
心中的線，
有粗也有細，
心中的線紋，
有紅也有藍。
唧唧，鏘鏘，
唧唧鏘。

打掃工作作完，老師大聲宣布：

「各位同學，去洗個臉與手，換上廚房料理圍裙，到廚房集合，準備做飯糰。」

大家頓時忘卻疲勞，洗臉換上圍裙，聚在廚房做飯糰。最簡單的飯糰是白飯內包魚鬆及蛋皮絲，用豆皮包飯糰叫稻荷壽司，用紫菜皮捲包白飯與小黃瓜叫河童捲。這是個愉快的飯糰聚會，也是對大掃除師生的慰勞和獎勵。

學校對於在什麼場合該穿什麼衣服，都甚為講究。打掃時，穿上工作圍裙；做飯糰時，要圍上白色料理圍裙，並戴上白帽防止頭髮掉落。日本教育就是注重這些生活細節與禮儀。同學黑田與平常人家無異，也是謙虛、愛吃、樸實，但還是有大家閨秀的家教，例如她的跪坐端端正正，一個小時都不會動。但是秀絃才跪不到十五分鐘，腳關節與大腿肌就痠疼了，因為在臺灣都是坐椅子的，少有跪坐訓練。

在同學中秀絃跟家住北海道的杏子較為親密，兩人都是遠方來的寄宿生。鄉下人比較保守，低調，杏子習慣穿著棉質便裝和服，熱天常是淺藍色的夏日和服。即使內著洋裝，還喜歡披個和服外褂。

杏子送秀絃一隻木雕熊，木雕熊是北海道特產，代表性的紀念品。北海道比東京冷，杏子皮膚也比同學更嫩更白，素顏臉頰便自然紅潤美麗。木雕熊通常是熊咬著一條鮭魚，而杏子這隻熊，是擬人化的熊，綁著一條鮭魚背在肩上。杏子倣效這隻熊背著一串魚，表情豐富地解釋這背著魚的木雕熊：

「這是一隻笨熊，抓到魚後用繩綁起來，但熊不會打繩結，所以魚一路地掉落，到最後只剩下一條。」

後來秀絃也把熊的故事講給孩子聽，晚上在床鋪上，抓一個枕頭背在肩後當一串魚：「這隻熊有夠笨的，魚也不會綁好，都掉光了，只剩下一條魚，好可惜呢！」

孩子們都聽得津津有味，因為她對於簡單的情節也能講得生動，又加上動作，每次孩子們總是興味盎然。

這件土產紀念品，秀絃從日本帶回臺灣，搬了幾次家，一直保存著，是極少數當年日本生活所留下來的記憶。

三

東京的日常生活

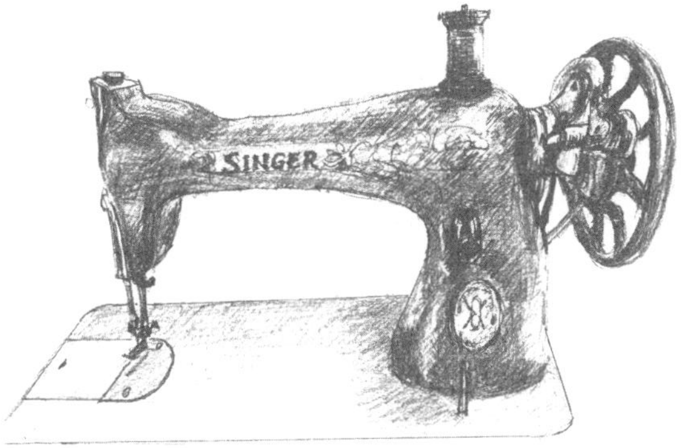

啜飲咖啡與喫茶

秀絃收到母親寄來的現金袋後，立即拿去郵局存入。然後就是等放假的星期天，就可以出門買布料了。假日住宿生早上離開宿舍，晚餐前回來即可。前一晚，秀絃即與三五好友相約好逛街，她興奮地說：

「只要人家邀約，就儘量配合，這樣每次都會算到我。不然拒絕兩次以後，人家就不會再找妳了。」

早晨起床，把凌亂的床褥收拾整齊，然後到大門口最高的櫻花樹下集合。這棵是東京最晚開花的普賢象櫻，都已開始吹雪了，櫻花瓣繽紛落下，微風下花落如雨。

杏子說：「東京的櫻花開得真早，我們北海道要等到最後的冰雪融化，天氣回暖才會盛開。」

從學校到市中心，在附近的中野車站搭中央線鐵道，只要三十分鐘就到銀座，甚為方便。真是個好天氣，萬里無雲的蔚藍天空，花朵在風中飛舞。東京春日，各品種的櫻花輪番盛開又凋落。烏鴉好像不捨季節，嘹喨駁雜嘎嘎地叫。

東京鬧區市街繁榮，商店櫛比鱗次，有餐廳、咖啡館、喫茶店、寫真館及現代化百貨公司。東京人走路很快，好像都很匆忙，不像高雄哈瑪星或鹽埕埔的人悠閒。好不容易放了假，東京本地同學卻住宿舍的久留米小姐，迫不及待地興奮道：

「來，我們去喫茶店，妳們一定會喜歡。」

久留米戴著時髦的橘色釣鐘帽，領著同學到一家明治製菓開的喫茶店，裝潢著粉紅色小碎花壁紙，白色蕾絲窗簾，可口的點心充滿了夢幻少女風。

同學們紛紛讚嘆：「好可愛喔！」

七十八轉黑膠唱片流淌出交響曲的旋律，是舒伯特〈未完成交響曲〉，喜歡古典音樂的久留米一面展現她的風尚知識：

「現在很流行這首舒伯特〈未完成交響曲〉，咖啡館或喫茶店都喜歡放。大概是因為它具有夢幻性抒情，田園風味，又有點憂鬱的詩意，總之，非常動人。」

除了咖啡，大家各自點了一份甜點，秀絃思量著：

「我一定要品嚐正宗的和菓子，我最喜歡紅豆餡的大福、銅鑼燒、紅豆湯和栗子羊羹了。」

杏子特別推薦北海道的吃法：「紅豆湯要加湯圓，煮成爛爛的，使湯汁稠稠的，這樣紅豆與湯圓才能融為一體，北海道都是這樣吃。尤其冬天下雪，在家圍著地爐，吃一碗溫熱的紅豆湯，真是幸福洋溢。」

久留米還說下次可去另一家，也是她很喜歡的店：

「那一家咖啡館，是巴黎沙龍氛圍，深褐色木板的牆壁上掛著名作家肉筆（日文，手寫真跡）書信或寫真照片，消費價格平實，文人學生喜歡來此聚會，我們可以坐下喝杯咖啡，點份三明治當午餐，感受一下藝文氣息。」東京到處林立著人文咖啡館，可久坐聽音樂，也可聚會聊天。

「有夏目漱石、竹久夢二、芥川龍之介或是谷崎潤一郎的肉筆嗎？」

絢子一口氣唸出了幾個名作家的名字，她是愛好文學的文藝青年，秀絃有點慚愧，因為她只知道竹久夢二。

田中佐紀一抹笑意，眼睛發亮充滿期待地說：

「東大前面有一家咖啡館，掛著好多竹久夢二的版畫，我好喜歡夢二畫中楚楚可憐的柔弱女孩。好多女生特地到這家咖啡館來看他的畫。」

戴著茶色蝴蝶結淑女帽的絢子也顯現她的內行，正經地指出：

「最經典的夢二專賣店是日本橋旁的『港屋』，原是夢二妻子他萬喜開的店，夢二在那裡認識他萬喜，後來兩人結了婚。」

大家妳一言我一語，充滿欣喜，少女的笑聲跟晚春的天空一樣清澈。秀絃很驚訝竹久夢二是風靡日本的畫家，而且那麼受女孩子的喜愛，不好意思地說：

「我只知道竹久夢二會作詞，譜了著名〈宵待草〉的曲子，我家隔壁居酒屋經常在播放的歌，原來他也是位畫家啊。」

此時，耳畔好像響起旗後家隔壁居酒屋夢二的〈宵待草〉。

秀絃在東京的時候，正是喫茶店流行的三〇年代。當時在銀座漫步的人們，在柳樹與銀杏樹行道下，身著輕便洋服，以輕快的步履，走進優雅的喫茶店。

時尚老師山野千枝子曾說，想要觀摩時尚，就要到銀座來，果然這裡來來往往的，似乎都是容姿端豔的紳士貴婦，就連對話也十分地高雅。常可看見當時最流行的遮耳短髮，這是巴黎傳來的時尚，美麗的副校長押切今朝枝女士就是這種遮耳短髮。

她們行經銀座，感覺空氣中飄蕩著化妝品香氣，逐一欣賞玻璃櫥窗展示的高貴商品，眼睛閃耀著興奮光芒。

銀座尾張町的杜鵑洋裁店，是一家格調高檔的服裝定製店，櫥窗裝飾著耀眼的水晶燈，充滿自家設計及巴黎進口的服飾樣品，裡面是秀絃等洋裁學生的夢幻世界。但那麼昂貴的價錢，距離學生的現實生活有點遠，她們大部分是從櫥窗和玻璃門窺視店內。雖然這家杜鵑洋裁店與秀絃她們所學有關，但如果沒有購買意願，只想觀摩設計，是不被歡迎入內參觀的。因此同學們識相地從外觀察，保持尊嚴。

回想家鄉旗後赤腳走路的同學，身著寬鬆粗布的女孩，以椪粉挽面化妝的婦女，這種反差與遙遠的距離感，讓秀絃情不自禁地發出嘆息。

杏子說：「也許黑田小姐可以回福岡開一家像杜鵑洋裁店這樣的店吧。」

秀絃：「她家族的確有這個財力，假如是我的話，我就會開了。」

在銀座總會經過資生堂喫茶部，岡崎小姐手指這家店說：

「這是逛銀座者最想要踏進小憩片刻的店。」

話雖這樣說，但同學們面面相覷，就是沒人提議要進去，因為一杯咖啡的價錢是其他藝文喫茶店的三倍，高貴的格調讓她們望之卻步。

銀座的優雅纖細，雖然在此用餐喝咖啡，令人伴隨著一種值得自豪的心情，但這一切在秀絃學生的身分上，都只是一個憧憬，僅能置於未來夢想的藍圖。

但秀絃更覺手足無措的是，在東京是她生平首次品嚐到咖啡的滋味。但喝咖啡時，心中充滿疑惑。因為咖啡要趁熱喝，放久變冷味道就差了。但是咖啡杯又那麼小，在一般人喝茶的習慣下，這一杯應該三口，五分鐘內就喝完，但不會有人這樣喝的。因為喝完之後杯底空空，有時服務生就過來把杯子收走，如此一來，桌面空無一物，坐得好尷尬。為了坐久一點好聊天，只淺嚐一口，留二口在杯內，這剩下半杯是冷掉的咖啡，在桌上擺擺樣子。

但後來她也習慣了，喝咖啡是為了氣氛、心情，喜歡在這個充滿音樂旋律流轉的地方聊天，空氣裡所瀰漫的咖啡香，讓人在香醇的咖啡氣氛下，就有一種幸福感。

秀絃喝咖啡時，心中總想到家鄉旗後碼頭邊那家幽暗的有女給（日文，女給仕，女服務生）的咖啡館，哥哥從哈瑪星回來，一上岸就鑽進這家咖啡館找女人，所以秀絃母親最痛恨咖啡館。秀絃心想，這黑黑苦苦的飲料就是哥哥常去喝的咖啡嗎？

放假日同學們相邀逛街，東京眾多的喫茶店與現代咖啡館是必然去坐坐的，東京的咖啡館是現代式純喝咖啡，與旗後有女給服務的咖啡館大為不同。但隨後秀絃這銀座短暫的浪漫氣息，逐漸被戰爭的氛圍籠罩。

深秋楓紅，初見雪

入學後日子過得特別快，東京夏天就像高雄一樣燠熱，令人忘了是在北方。但入秋至冬天，溫度降得快，學校裡的楓樹都已轉紅。東京晚秋有如火焰般的楓紅，也有金黃銀杏葉滿樹，充滿了溫暖的色彩。有一天杏子提議：

「走，我們去上野公園看紅葉。」

坐地鐵一下子就可到上野公園，秀絃看到好幾棵巨大楓樹，那麼高大的樹應有數百年吧。整棵都是紅的，豔紅欲滴的紅，秀絃不禁讚嘆：

「綺麗！綺麗呢！」

在上野公園也看到金黃色的銀杏樹，整棵的金黃色。杏子愉悅地說：「眼前景致真令人感動，上野公園確是個賞楓、賞銀杏名所！」

秀絃感覺日本人實在很有意思，經常以「感動」來表示情緒。

晚秋新鮮的空氣清涼入鼻，秀絃這才真正體會所謂的沁人心脾。街道上銀杏葉飄落殆盡，銀杏果也掉落下來。秀絃猛然發現，這不就是昂貴的白果嗎？是中藥，也可以當點心吃。怪不得一早就有老人家在沿路撿拾。

「東京那麼多銀杏樹，白果想必很便宜，可以買些回家，可是菜市場怎沒人賣白果呢？」秀絃感到疑惑。

「去路上撿就有了，何必買！」杏子笑著說。

在一個寒風刺骨的早晨，秀絃發現窗外迷茫，不太像在下雨，心想是下雪嗎？仔細一看，果然是下雪，而且愈來愈大，像鵝毛般飛揚。她披上外套奔下樓，跑出屋外，興奮地用手承接軟綿綿的雪花，又抓一把地面的積雪，擠壓在手掌，心想這就是傳說中的雪球。

「這是我的下雪初體驗，新鮮又有趣！」

杏子起床到窗邊探一探，俯視窗下，看見秀絃竟呆站在風雪之中，忙不迭地把她喊進來：

「絃子，妳幹什麼？下雪有什麼好大驚小怪的？」

「我們北海道終年有一半時間都在下雪，路邊一攤雪，三個月也不融化。北海道山上，冬天零下三十度，那才凍呢！呼吸都會凍結，連睫毛也結凍。」

「絃子，妳知道嗎？其實下雪時反而不會冷，下雪的日子很溫暖，真正寒冷的日子不會下雪。」

「杏子，妳說的是什麼道理？下雪反而不會冷？我完全無法瞭解。」

不過，為什麼下雪反而不會冷，這是科學問題，杏子也講不出所以然來。舍監在宿舍交誼廳擺了三個火盆，幾個同學圍坐在火盆邊聊天。撥著盆裡炭火，炭火炸起一群火花，甚為有趣。到了睡覺時刻，再把火盆的灰掏起覆在木炭上，這樣木炭在灰中悶燒著，繼續散發熱量，直到天明都不熄滅，撥開灰土，火焰又可再冒上來。

探訪巷弄布店

秀絃平常逛街最喜歡到布店看布，這是興趣又是本業，自然需要多看，以增廣見識。她大多到日本橋的三越百貨，三越是吳服店起家，有多樣布料。從日比谷公園過銀座到此，只是一小段路。

秀絃一直很疑惑：「為什麼布料或服裝店有的叫和服店，有的叫吳服店？」

櫻桃小嘴的千惠向秀絃介紹：「長久以來日式服裝稱『吳服』，因為長袖式樣的衣服來自中國三國時代的東吳，所以叫吳服。直到德川幕府時代，受西洋影響，才出現『和服』之名。」

杏子：「如今以古名吳服命名的布料店或服裝店，總讓人感覺這家店歷史之久遠與權威感。」

三越百貨公司是五層樓文藝復興式大廈，外表雄偉壯觀，已有中央暖氣系統、電扶梯與升降電梯，是東京最先進的地方。這裡的布匹深深吸引著秀絃，與各式織物的相遇，令人回味悠長的布料，正如空氣中飄浮著各種化妝品的香味，讓人興奮。

百貨公司的布料賣場，布匹是平放在桌面上的。

杏子拉著秀紘愉悅地說：「百貨公司真好，可以讓人自由自在地搜尋，甚至能以手指輕撫，用手去感受那布質的柔軟輕盈。」

岡崎摸撫一塊花布附議：「若在銀座的和服專門店『介川』，雖有最高檔的和服布料，但老闆兩眼猛盯著客人，可不能隨意地碰觸，好像看透了我們是窮學生，買不起的。」

秀紘最喜歡欣賞這裡的京都西陣織，具有高超的印染與獨特花紋。它的質感、顏色及圖案都很高雅，價錢當然也很昂貴。

千惠告訴秀紘：「京都西陣織只用在高檔和服腰帶及男士領帶上。」

優美的京友禪綢子布，也是有特色的高檔布料。友禪印花法繁瑣費工，由染匠與繪師合作，使用茜草、紫根、胭脂蟲等天然染料製作。

在實用穿著上，秀紘向來喜歡天然材質的衣料，例如棉、毛、麻織品，因為這是會呼吸又好清洗的。

秀紘不禁發出讚嘆：「上帝很是眷顧人，賜給人類棉花這種最好又垂手可得的物品，純棉織品是宛如微風般地輕盈柔軟。而毛料歷史最為悠久也是最優秀的，不易髒，也會呼吸。天冷時毛衣使妳溫暖，而且更奇妙的是，天熱時毛衣也涼爽。」

至於亞麻，輕薄透氣，清爽柔和的觸感，讓身心全然地放鬆。亞麻纖維中空，透氣度高，舒適不悶熱。一些樸實的棉麻製品，如宮古上等麻布、博多織及稀少的沖繩芭蕉布等，都很有地方特色。用極細線織成的越後雪晒麻布，一看就有高尚感。

秀絃很驚訝，麻布也能造出那麼精美的布料，轉頭跟杏子說：

「雖然也有一些粗織的麻布，更具天然與手工質感，連顏色也是原本的黃褐色，但臺灣人不可能拿來用，因為就像喪事的苧麻布。」

日本沒有這種喪事習俗，但杏子突然發現：

「絃子妳看，這粗麻布還是從臺灣進口的呢。日本雖然沒有這個苧麻衣的市場，不過這種粗織麻布，在洋裁上卻是當墊片的好材料，大部分洋裝的領子及腰帶總要縫進一塊粗織麻墊片，撐起衣服的精神來。」

很令人驚訝，至今工業時代了，日本仍有堅持手工紡線的工匠，以手工紡線，再由人手織出樸素的布，真正純手工的作品。製作過程中，傾注了多麼深厚的情感，確實令人愛不釋手，這應該是手工藝品。

這種純手工紡布的老件，在古董民藝品店有售，叫做「古裂（日文，古布）」。柔和的靛色古織錦，歷經歲月洗染，散發溫暖而內斂的光芒，顯現韻味的悠長。人們可以想像來自山村的人家，在農閒時製作出的產品，他們挑下山到城裡販售，再換些日用品回家。

當時普通民家流行的風格是，條紋圖案或很素的單色，但其質料有高低之別，像越後雪晒麻布這種高級的麻布，還是很昂貴的。

店裡有不少華麗的織錦，美則美矣，除了做成高檔宴會和服，不知要用來做什麼？所以秀絃只能欣賞，不可能採購。

這裡有一塊布讓秀絃心儀不已，每次來這家百貨公司，她的目光總會不由自主地飄過去，看到它仍舊安穩地擺在那，也才會放下一顆心來。這是一塊絲棉線織成的結城綢，每根絲線無不綻放柔和而內斂的光芒，手感無比柔軟，布面編織成日本人喜歡的龜甲狀六角紋圖案。

「最特殊的是，表面隆起細小皺紋，給人手工的觸感但又有棉布般柔軟舒適，肌膚的觸感極佳。我相信，這塊絲棉線所織成的布穿上身，將會從心底透出暖意，令人不由自主地喜悅。」秀絃心想。

這種結城綢布，看來簡潔，但從紡線、染色到完工，每道工序都甚繁複，所以價格高昂。回學校路上，這塊布不停地在秀絃腦中閃現。

秀絃回來興奮地向杏子描述發現的這塊結城綢：

「這塊布是藏青色，樸素恬靜而安詳，充滿秋天氣息，穿在身上，有種讓人心情舒暢的分量。」

杏子羡慕地說：「能找到那麼喜歡的布，是一種幸福。」

一個假日，秀絃又到百貨公司布料部看著這塊布，她每次都可以感受它的嶄新魅力。在燈光下，秀絃仔細凝視布的經緯，絲棉紡線讓人感覺十分結實。她在心裡打量著，應該很適合作為秋天的風衣。南臺灣大部分冬天又不冷，秋衣拿來在冬天穿，其實剛好。

「我很欣賞風衣有條腰帶，最近流行腰帶不打結，從衣扣不經意地垂下，一副自然灑脫的樣子。」秀絃曾向杏子這樣說。

此時，背後突然響起一句熟悉的聲音：

「綺麗呢！妳也喜歡？」

秀絃轉頭一看，原來是課堂上那位有品味又有氣質的和服老師美佐子女士，她也來逛布料。

秀絃恭敬地向老師鞠躬：「はい、こんにちは。（日文，是的，您好。）這塊布好漂亮喔！」

美佐子老師：「穿上這塊布裁製的衣服太幸福了，能夠讓客人滿意的裁縫師也太幸福了。」

「はい、はい。（日文，是的，是的。）」秀絃語帶欣慰，恭謹地回答。

看來這塊布的美感也得到老師的認同。她已表達得那麼明白，秀絃當然不會再詢問她，這塊布好不好？這樣問就太外行了。因為老師教過，美學是很主觀的，不能跟隨人家的喜好。

秀絃心想：

「我若有較多的零用錢，就可下手買下布料。但怎有多餘的錢呢？每個月拿到的生活費都是固定的啊！但只要那個月學校少買教材，就會有餘錢了。」

買布來做的衣服，樣式是參考雜誌上模特兒的穿著，她們並非專業模特兒，但都是貴族婦女。昭和天皇一家人經常穿得優雅美麗地出現在雜誌上，他們氣質高尚，形象光鮮，成為女性崇尚的對象與時裝潮流的領導者。皇族們在雜誌上的服飾，馬上受到流行模仿。其實這也是特意在雜誌媒體上，展現他們的美好品味，非常明顯的尊皇，也正是保皇派的政策。

寫真館的定格時光

星期天一大早，杏子、田中佐紀、久留米就來邀約了，這天的行程是去寫真館拍照。逛街時，她們最喜歡的另一個活動是寫真館拍照，通常漂亮的人都喜歡拍照留念吧，尤其當自己縫製好一件滿意的衣裳。秀紘在寫真館拍的照片有穿洋裝、和服及旗袍，都是當時時髦高尚的款式。打扮當然也甚講究，會選戴幾款不同的帽子及時尚的高跟鞋，寫真館老闆娘會幫忙打扮與擺姿勢。

不得不說，那時代的文化水準超高，人們身著高雅，生活在講究又有秩序的氛圍，大家流行對於「高雅生活」的追求，社會仍瀰漫大正浪漫⓮的餘韻。

拍照是密友們生活樂趣之一，也可說是當時社會的流行風尚，照相很便宜，一張照片幾

⓮ 大正浪漫是大正時代的氣氛的文化現象，大正天皇在位的一九一二年至一九二六年間的十四年，繼承了明治維新後的富裕，一段繁榮而平穩的時代，社會與文化充滿了浪漫主義的思想。這期間日本人追逐和模仿西方的生活方式與審美，女性地位提高，日本服裝開始西化，歐風咖啡館流行。傑出的文人與藝術家輩出，竹久夢二的楚楚可憐的大正美人是其代表之一。大正浪漫這個名稱是由作家夏目漱石所起的。

分錢而已，但這是她們的小確幸。做了新衣，相邀去寫真館拍照，有如現代的寫真集。除了獨照，也與密友一起合照。

既然那麼多人喜歡拍照，寫真館裡供應各式應景的和服、洋服、帽子及花卉等多種道具。這次秀紘選了一襲綴滿櫻花的小紋和服，配上樸素絳紅色的衣帶，細條帶為白橡色編繩，在老闆娘的協助下著裝，擺出高雅迷人的姿態。老闆娘是個六十歲的歐巴桑，很傳統的日本婦女，服裝是當時普遍的條紋綿質和服，頭髮則是島田髻。

秀紘笑說：「我這才發現，穿上和服的腰桿變得好直，因為纏了腰帶，走路也不得不優雅。若穿上木屐，更不能大剌剌地跨步，突然變得淑女了。」

杏子讚賞秀紘穿和服的倩影：「紘子，妳不必穿振袖，穿小紋就夠美了。粉嫩淡雅的顏色，襯托奶油色的肌膚，柔和高雅，比我們內地日本人更有日本美女氣質。」

秀紘聽了心花怒放，睫毛翩飛！但仍然要表示謙虛，低調客氣。

「杏子，哪有啦！妳不要這樣說，妳的皮膚那麼白，怎樣打扮都漂亮呢！杏子，真不好意思，老實說我對和服一竅不通，什麼振袖？什麼小紋？什麼又是浴衣？學校沒教的，我就不會知道。」

杏子介紹：「和服的種類很多，可以歸納幾種較常用的。振袖是未婚女子最正式的和服，布料通常選用絲綢，以講究的織法，又以綺麗的圖案花樣來設計。振袖也是結婚或成人式場合穿的，像我們北海道很多人一生也才穿一次。這種高檔布料做的和服，將來生了女兒，在她成年以後，還可以轉贈她，傳給下一代。」

「小紋是日常生活中的和服，不那麼正式，適合女性外出購物或出席半正式聚會穿。小紋圖案皆為相同花紋，質感顯現在布面紋路，並在腰帶上的搭配做文章。」

「至於浴衣，是夏天穿的，以吸汗透氣的棉布製成，雖不正式，但祭典時也可以穿出去。為提高浴衣的分量，常在腰帶上打個不一樣的蝴蝶結。」

「我們日本人常說，穿一件漂亮舒適的和服，可以度過一段悠閒的時光。」

但秀絃實在不習慣穿和服，只是在寫真照相館內走來走去，不久就頭暈胸悶。和服袖子又十分礙事。怪不得有人說和服是靜態的服飾。

「唉呀！和服雖美，南臺灣氣候炎熱潮濕，臺灣衫會比和服舒適。我家也沒有那種可穿和服亮相的檯面。」秀絃不禁惋惜。

冬天的洋裝衣服，可以搭配比較多的配件，是比較能夠表現高尚華麗感的。有次她們都挑了一件黑色玉羅紗毛料大衣來拍照，這種布的織法必須厚實，毛呢絨布料在表面磨出細絨毛，是很高級的大衣。戴上一頂插有羽毛的帽子，手戴蕾絲白手套，拿一個高級的手提包，甚有歐洲貴族之感，在照片中她們不由得露出幸福的微笑。

又一次，秀絃在寫真館試了一襲白色的中國改良旗袍，長型的年輕款式。其實這樣的旗袍在高雄哈瑪星、鹽埕埔市區不難見到，可是她沒有什麼社交應酬，旗袍也沒機會穿。只想趁此機會體驗，並拍照留念。

杏子看秀絃穿著旗袍亭亭玉立，大為讚賞：

「好美喔！絃子今天變身為上海名媛。」

秀絃受寵若驚，雖滿心喜悅，但難為情地說：

「杏子小姐，不怕妳笑，旗袍雖然是故鄉常見服飾，但我從沒穿過。今天是初體驗，假如效果不錯，將來回臺灣考慮做一件。」

「絃子，妳穿什麼衣服都好看，一百六十公分的標準身材就像天生模特兒，好令人羨慕哪！」

「杏子，妳也很漂亮！皮膚那麼白，畢業回鄉一定很多人追求。」

這時流行的頭髮是髮型旁分，以髮夾固定，短髮或半長的髮絲，以現在眼光來看，是有點老氣，至少老了三十歲。

除了到寫真館拍照，同學們有時也會聘請攝影師到學校來外拍，在校門口、庭園、教室或宿舍拍攝。以學校為背景的相片是必要的紀念照，每個人都會拍攝幾張。至於外面的公園或廣場，更有流動攝影師為人拍照，拍旅遊相片相當方便。

快畢業時，千惠邀約郊遊：

「絃子，這星期天我們去隅田川郊遊划舟，湊成四人一艘船。隅田川是個玩水划舟的名勝，每逢春天，東京市民總是喜歡到此觀賞划艇比賽。」

「好、好，好久沒有去郊外了，我們自己做飯糰，帶餅乾和水果去野餐。」

她們請了駐場的攝影師拍照，在小木舟上，大家故作微笑狀地吃著蘋果，狀甚美味。這一張照片，她們四人都分別保留著。

學寮住宿生朝夕相處，生活吃住都在一起，感情自是特別密切，當然也要合照一張。可是要怎麼穿呢？要不要統一或各自展示民族特色，傷透了大家腦筋。

朝鮮同學金子：「我們三個朝鮮人要穿傳統朝鮮服，我們有帶來一直沒機會穿，讓妳們看看我們漂亮的衣服吧。」原來朝鮮人也是有相當的民族服裝情結，高腰的寬大長裙，上衣與裙子都是鮮豔的大紅大綠，像日本人的和服一樣是重要的場合所穿。

杏子跟秀絃說：「我們內地人帶來學校的和服都是家居服，比不上洋裝漂亮，還不如穿件自己做的洋裝有意義。」

秀絃面露尷尬地跟杏子說：「我們好像沒什麼正式的臺灣服，傳統大襟衫只是家居服，有點土氣，我還是穿最近剛做好的那件 one piece 洋裝。」

結果三十六個住宿生的合照，大多穿洋裝，只有三個穿朝鮮服，兩個穿和服。

同學間更流行以相片互贈留念，秀絃選了一張穿旗袍的沙龍照送杏子，背後端正地簽上姓名與日期，杏子也送秀絃一張穿著自己縫製洋裝的照片。秀絃還去跟喜歡古典音樂的久留米，愛好文藝的絢子及愛逛街的東京女孩千惠交換照片。這種交換個人沙龍照留念是一九四〇年代女校特有的文化。

秀絃不勝依依地說：「有空來臺灣玩喔！要元氣喔！要幸福喔！」

同學也是不捨地說：「絃子，妳要常來內地喔！我會很想念妳，要元氣喔！」

那時的相片技術與器材雖費時費力，但品質非常好，清晰耐久而不轉糊。洗出的照片還可挑選各種形狀，方形、長形、三角形等，深具趣味。留日期間雖然只有短短不到二年，但秀絃拍了好多照片，從照片中的穿著，正好可以顯示當時服飾流行的風貌。

團體錢湯初體驗

那時生活上最感不便的就是洗澡了，習慣每天洗熱水澡的秀紘，在學校竟無熱水可洗。洗熱水澡要到錢湯大眾池洗，這是秀紘的團體澡初體驗，大家袒胸露背，很是難為情。

也許是生活習慣，日本人大都愛乾淨又愛泡澡。但在東京大城市因經濟與空間因素，並不是每一戶人家都備有浴室，而且燃料又很昂貴。於是大眾浴池也就是「錢湯」，成為民眾洗澡與社交的主要場所，存在於住宅區的小街道上。

秀紘為洗澡而深感困擾：

「妳們洗澡要跑到外面的公共澡堂，不嫌麻煩？」

但同學們異口同聲地說：

「大眾錢湯洗澡好，可四肢伸展，熱度夠水量又大，洗得好舒服喔。」

因為錢湯是民生必需品，政府嚴管價錢，費用平易近人，每家錢湯都是公訂價格。據說昭和年代是錢湯的全盛時期，鼎盛之時，光是東京就有兩千多家錢湯。

雖然臺灣的經濟不如日本，薪資水平低，但家家戶戶燒熱水洗澡是沒問題的。那時在富裕的東京，民眾要在家洗熱水澡，竟是奢侈享受。秀紘高雄家有座泡澡的檜木風呂，泡風呂是家人輪流泡舒服的，所以不能把水弄髒，也就是不能在裡面擦肥皂，擦身體。

秀紘學校附近就有座錢湯，屋外有根大煙囪，是個醒目的標誌。這家錢湯只是把普通水燒熱而已，但不知是用木材、木炭亦或煤炭？總之不是天然溫泉。女同學總是相邀作伴，托著臉盆，帶著毛巾、肥皂、洗髮精等沐浴用品。走到錢湯屋門口，撥開布幔，掌櫃就坐在櫃檯的高腳椅上收費，左男湯，右女湯。客人先在擦澡處，把身體擦洗乾淨，然後才泡進浴池。

錢湯浴池正面牆上畫著一幅富士山壁畫，據說別家錢湯也大多畫富士山，顯得有點滑稽，是否客人想像著在富士山下泡溫泉，是最愜意的感受？無論如何，滾燙的熱水，滿室氤氳，寒冬下確實是特別舒服，而且，愈冷愈舒服。

隱隱約約的煙硝味？

秀絃學校住宿的都是女生，但後來學寮側邊竟住進了一個奇特的青年男子，穿著藍染和服，搭配嗶嘰寬褲的知青形象，引起所有女生的注意，也讓學生們人心惶惶，大家議論紛紛，不知會不會影響安全。學校怎讓一個男人就這樣地住進來？但舍監老師從不說明，這可真是個謎啊！

同學平常總不自覺地朝那方向窺探，後來發現他好像從不出大門，也很少到校園逛。他很識相，避免跟秀絃等女學生照會，這建築上二樓宿舍的樓梯只有一座，男子與女學生從來沒有在樓梯上交會，不然是有點尷尬。他更不來和同學講話，想必是個陰鬱沉重之人。唯一的動靜，是他有時會關在房內輕聲吹著口琴。看他一直那麼安分，秀絃她們也就放心了，後來幾乎更是視若無睹，但仍覺得奇怪。

直到快畢業時，比較有見識的櫻子湊近耳朵低聲說：

「他可能是逃避赤紙（日文，軍單，徵召入伍令）的人，想說最危險的地方最安全，以為躲進市區的女生宿舍最安全。」

「說的也是，一般逃兵大多逃到鄉下山林，軍方也知道，所以都派人到山上搜查。抓到一星期內就槍斃，很恐怖的。」

「他這個年紀的人，應該是在戰場上，除非有特殊職業。」

「逃避兵役者是槍斃，他可真是冒險啊！」

「他一定是跟學校主管有關係的親戚，才會讓他躲在這。」

有人從反方向思考：「會不會是來監視我們的？我爸爸說現在街上有很多特務，四處搜尋間諜、叛國者、異議分子，所以我們平常說話要小心。」

但也有人比較客觀地說：「也許這年輕人身體有什麼毛病，沒資格當兵。」

大家妳一言我一句。聽說日本打中國已經四年，很多青年男子都被徵召入伍。也許他期待著戰爭趕快結束，使徵兵的事化為烏有。

戰爭的煙硝味已逐漸滲入校園，學校每週有一堂公民課，學校利用這堂課加強時事問題，講師是專修大學教授道家先生，他也是眾議院議員，一個政治狂熱的人。

他在黑板上重重寫上：「將英勇出征好漢所說的話，牢牢銘記在心，日本之妻就要奮起。」

他大聲疾呼：「妳們很榮幸可以擔任靖國之妻及軍國之母，妳們是將孩子培養成軍人的偉大母親。最近就有位模範母親將兩個孩子奉獻給了中國長沙會戰。」

他又大聲講解日本武士道精神，天皇至尊，逃兵的懲罰，戰爭終會勝利，呼籲大家要團結，無條件地支持政府政策。

所以同學們多少知道時事與逃兵後果，也為這青年人擔心。

隨著課業結束，大家返鄉。不久日本向英美開戰，戰況逐漸激烈，但戰局急轉直下，東京被大規模轟炸，洋裁學校校舍也被夷平，學校隨之結束經營。不知這位神祕的年輕男子結局如何？這始終是個謎。

生活匆忙走入尾聲

在東京市內搭電車或地鐵，可到許多地方，上野公園看櫻花、淺草公園拜拜逛夜市、泉岳寺祈禱等等，都是當時熱門的旅遊地方。較遠的只去過崎玉縣嵐山，也是因為學校附近有西武電車到崎玉。

也不是每個同學零用錢都那麼寬裕，尤其鄉下來的學生，她們住宿、吃飯及布料費都是一大筆負擔。有的人連牙齒痛，也捨不得花錢看醫生。

秀絃母親每個月總會定期匯款來，若是零用錢不夠，秀絃也會寫信回家求討，因此生活無憂。秀絃常買好吃水果，例如在日本較便宜的蘋果與山東水梨。還有在宿舍旁有家好吃的和菓子專賣店，她最喜歡喝香濃的紅豆湯加上糯米湯圓，而且要有足夠的甜度。

秀絃每月的生活費僅僅夠用，所以根本沒有多餘的錢可存。她在學成回臺灣後才知道一件奇怪的事，原來母親都是委託一位年輕的澎湖人去銀行匯款，而不是叫哥哥去匯。母親憤忿地說明：

「我就是怕妳阿兄把錢拿去花光，還不如託外人！」

這位年輕人是哥哥的朋友，常到秀絃家，親切又熱心，還經常帶禮物來，好像在爭取什麼好感。但不知什麼因素，母親並不太喜歡他。

秀絃在洋裁學校學習一段時間，裁縫技術問題都能輕易克服，還額外學了不少烹飪，愉快的日子過得特別快，生活在東京，倏忽已近二年。

這一年忙著課業及同學間的互動，來往都是日本女生，沒有臺灣親友的交際應酬，甚至沒碰到過一個同鄉。整天跟日本同學談話，日語程度很快就提升了。在臺灣雖然受日本統治，受日本教育，但日文課也才那幾堂，下課回家又是閩南語，只念公學校的人，日語所學其實不多。

秀絃在日本洋裁學校念完本科，師生在校門口合影，有趣的是，同學們都穿上自己做的洋裝，但老師卻一律穿上和服，表示她們對此畢業照的重視。因為日本社會大眾還是以和服為正統，是最正式的服飾，級別高於洋服。

同學們交換照片話別，秀絃有比別人更深的離情，因為戰雲密布及女性活動自由度，她知道以後不太可能有機會到日本來，要見到這些同寢室好友更是困難。她把木雕熊、銅花瓶、照片及《入學案內》小冊子，這些最重要的留日紀念物都打包好。轉頭跟旁邊也在打包的杏子說：

「時局這樣，我覺得不太可能有機會再來日本，以後我們只有寫信聯絡，妳要保重喔！」

杏子感受戰火的影響更為深刻，她都快哭出來了：

「連我都不知道有沒有機會來東京，我們鄉下沒來過東京的人多的是。」

杏子迫不及待地要趕回北海道，她哥哥被當局徵兵赴滿洲後，一直沒回來，家裡農田人力缺乏，經濟上也不容她在東京多一天的開銷。在這樣的環境與壓力下，唯一欣慰的是，她撐到畢業。

整理好行李的第二天早晨，秀絃陪杏子到火車站，搭早班火車走了。班上其他鄉下來的同學，也大多是在這種情況下趕回家。

四

戰事迫近，空襲疏散

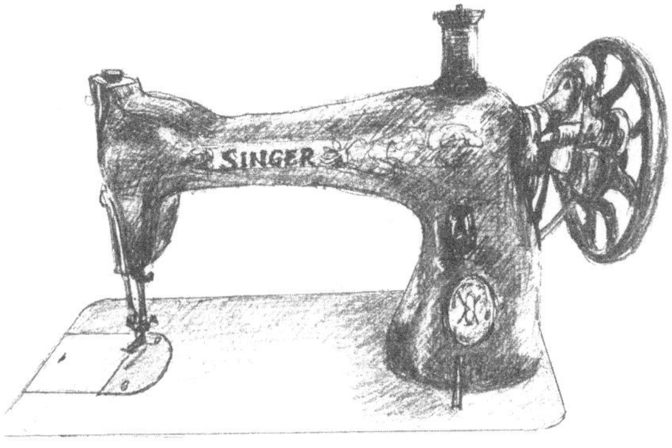

戰爭肅殺之氣襲來

其實在秀紘赴日本前，臺灣收音機就常廣播日本在中國的戰情，日本開啟戰端已經二年。但當時處於戰爭初期狀態，百姓生活似不受影響，娛樂與物質都未減少，百貨公司熱鬧如昔，電影照演，歌廳照唱。

而在日本秀紘念的是女子學校，校內起初並無戰爭煙硝味，課程一切如常。較有政治味的標語文字是與「國民精神總動員」有關，來東京之前，在臺灣就有了，這即是戰爭氛圍的序幕吧。而後日本各種新出臺的政策，都跟國民精神總動員扯上關聯。

媒體上都報導日本皇軍在中國戰場的輝煌戰績，顯現歡欣鼓舞的氣氛。侵略中國，也說是為了正義，極力頌揚日本軍人崇高的行為。

直到秀紘來日本一年多，街頭巷尾逐漸滿布日本政府的宣傳海報與漫畫，各地商家掛著「武運長久」的精神標語旗幟。街上站崗的憲兵多了起來，軍車匆忙地來來去去，隱約有一種肅殺之氣。有次遇到德國希特勒青年團訪日，街道掛起了納粹萬字旗，掀起充滿激動又具攻擊性之情緒，把氣氛拉到最高峰。但這種侵略性與高壓心態，讓秀紘很是厭惡。

日本橋、銀座這些最熱鬧的地方，常有一些「大日本婦女會」、「報國團」或不知什麼團體的婦女，在街頭發傳單宣導節約，手持擴音器喊著：

「不要購買奢侈品，請不要購買奢侈品。」

有行人穿著華美的服飾與化妝路過，就被糾正，強調說「奢侈是人類的敵人」，並被塞一張「自肅單」。

千惠是東京人，見識廣。拉著秀紘的手快步躲開發傳單婦女，不屑地說：

「別理她們，她們應該叫寶塚歌劇團不要上演，或叫百貨公司立刻關門才是。女人的漂亮衣服都是戰前就買的，不准穿，要叫人丟掉？」

低調的杏子細聲緊張地說：「千惠，小聲一點，不要讓人聽到。現在言行都要小心，街頭有許多特務。」

秀紘忐忑不安，她是更低調的人，不敢說什麼也不敢問什麼，她最怕惹上什麼麻煩。戰爭對於女性華麗衣裝的批評與責難，嚇得女人不敢把好衣服穿出來。在這種戰爭氛圍下，銀座奢華的杜鵑洋裁店，早已結束營業。但是，銀座大道仍擠滿了車子與人力車，資生堂喫茶部樓上樓下依然座無虛席，熱鬧喧譁的場景與戰前無分軒輊。

此時郵局取消元旦寄送賀年卡的業務，據說是為了節約紙漿。女子燙髮也廢止，後來多了一個常見名詞，百姓生活在後方的，叫做「銃後生活」。

社會上似乎愈來愈充滿肅殺氣氛，消息靈通的千惠湊近秀紘耳旁小聲地說：「快戰爭了。」

千惠知道秀紘遠自臺灣來，一定傻傻的，拉她到旁邊嚴肅地說：

「假如戰爭來了，妳要快走。」

秀紘還狐疑地問：「中日不是早就開戰了嗎？」

「不是啦！我們說的戰爭，是說日本要跟美國和英國開打。」

因為美、英要求日本從中國撤兵，日本不從，於是有人認為日美終須一戰。主戰派力主主動出擊，有識之士為此憂心忡忡，知道日本與美、英作戰必敗無疑。

緊張的消息在報紙與廣播都被封鎖，一切在耳語下傳播，感覺風聲鶴唳，充滿風雨欲來之勢。尤其女生住在封閉的校園，出外接觸的人不多，很難知道即將發生什麼事。雖然民眾生活，表面上尚無影響，但或許只是粉飾太平，有所不知吧。

日本報紙及無線電放送常為中國戰場的勝利而歡呼，但在臺灣這邊，臺灣人以第三者的角度冷眼旁觀，感受與日本人自是不同。

秀紘父親直覺大戰爭即將展開，遠在日本的秀紘讓他憂心忡忡，焦慮地來信：

「絃仔，現在氣氛緊張，可能快要戰爭了，妳趕快收拾行李準備回家。我派阿兄去日本接妳，他現在去訂船票，二星期內就會到東京，妳還有什麼事，趁這幾天快處理一下。」

自日本洋裁學校畢業後，秀絃原本還打算到日本服裝文化學院進修服裝設計，可惜這個夢想就此破滅，在日本學習的洋裁生涯只能就此打住。

裁縫的最高境界，就是服裝設計，世上沒聽說有著名的裁縫師，頂多算工藝家，成就有限。但服裝設計屬於藝術家的層次，可揚名國際。不過，從另一個角度來說，裁縫是一技之長，比較容易謀生。服裝設計界不是每個人都能出頭，尤其在這年代，除非非常傑出，否則很難有立足之地。

匆忙收拾離開日本的行李，秀絃趕緊想著還有什麼要買的？也不知還有沒有機會再來，她心之所嚮念念不忘的——就是那塊以絲棉線織成的結城綢。於是特地趕去三越百貨，下定決心把它買下。要不是突然要回臺灣，她恐怕還捨不得花這筆錢。

百貨公司售貨小姐用柿漆紙仔細地包裝這塊布，再放進手提紙袋給她。

還剩下一點錢，秀絃挑選了一塊淺茶色的小格紋棉麻質布料，這是夏衣所用。秀絃一直很喜歡小格紋布，視覺清爽簡潔，心中常想著有機會要做件小格紋衣服。

秀絃哥哥果然十來天後就找到學校來，回程訂的船票是「高千穗丸」。秀絃兄妹倆提早一天抵達神戶，這時的神戶港像軍港一樣，到處都有軍人。有些列隊行進，長筒皮鞋的鐵釘整齊地敲擊地面，震撼的恐怖聲響衝擊人心。憲兵面無表情地站立在每一個路口，上船的關卡檢查得更嚴。港口氛圍與秀紘一年多前來時，已經大為不同。

高千穗丸是艘極為豪華的客貨輪船，廳堂兩側有迴旋的樓梯，周圍有很多雕刻精美的藝術品，掛著據說是歐洲訂製的富麗堂皇的大型水晶吊燈。正午時分高千穗丸自神戶出發，翌日一早抵門司港，午後四時再從門司啟航直奔基隆。奇怪的是，秀紘回程已不再暈船，她體力精神甚佳，心情愉悅地飽覽瀨戶內海的明媚風光。

瀨戶內海是位於本州、四國和九州之間的海域，一座座海上冒出的山頭，讓人總以為前面無路，但一轉彎柳暗花明又是開闊的水面。內海寧靜無波，讓人不會想到此時處於戰爭之中。

儘管瀨戶內海風景優美，又有回家的興奮心情，但秀紘心中難免有學業未成的遺憾。服裝設計都還沒真正學到，旅遊也未遍覽名勝，之前為了趕作業和節省零用錢，連東京都還沒玩夠呢。

高千穗丸駛入太平洋，大海卻起了濃霧，幾乎看不見前景。這個戰爭與秀紘回臺灣後的前途，也像這濃霧一般，看不見未來。

戰火下的殖民臺灣

秀絃回臺不久，日本果然向美國開戰了——一九四一年十二月七日，日本突襲美國珍珠港基地，日本海軍在東南亞與太平洋對美、英作戰，展開大東亞的戰爭。一開始日本表現神勇捷報頻傳，連連挫敗美、英，占領了兩國的殖民地香港、菲律賓及新加坡。「武運長久」的精神標語旗幟飄揚在各地商店門口，浴衣和服被要求改染為黑灰色，中式旗袍則被禁穿。

臺灣，早在一九三七年日本發動侵華戰爭時，即已處在戰爭狀態，起先臺灣民眾生活尚無特殊變化，所以秀絃照樣在二年後的一九三九年赴日求學，那一年臺灣人赴日留學達五千四百零七人算是一個高峰。但既然爆發戰爭，不可能對一切生活毫無影響，日本人為避免殖民地的臺灣人與中國相互串連，開始在臺灣推動所謂的「皇民化運動」。

皇民化運動包括積極推動「國語」（日語）運動，獎勵說「國語」，改日本姓名運動。宗教與社會風俗的改革，改換奉祀日本人所信仰祭拜的「神龕」，及志願兵制度。「國語家庭」可享受許多優惠，例如小孩較有機會入日本人念的尋常小學校、進中學念書、公家機關優先任用等等。

臺灣在日本政府推動皇民化的同時，女學校裁縫課廢止了本島服裝的課程，改讓學生學習和裁，以讓學生對和服產生思慕之情。臺式裁縫的縫針拿法與日式裁縫針的拿法不一樣。裁縫機適用於洋裁，但不適用於和服，因為和服清洗的時候要拆開來洗，用手縫的才好拆，針車縫的太緊密，並不好拆。早期很多臺灣婦女會女紅，但洋裁跟和裁與臺裁的技術不太一樣，於是在服裝裁製上產生了時代的變革。

一九四一年四月，日本在臺灣成立「皇民奉公會」的組織，加強精神改造，以達到澈底日本化。為了調度戰爭經費，日本政府在內地與臺灣展開大規模的儲蓄獎勵運動，推銷國家背書作保證，建設大東亞的「郵政儲金」，秀紘父親也在銀行鼓勵下，買了郵政儲金。

秀紘收到杏子來信：「愈來愈激烈的戰事，兵源遠遠不足，文科生沒有專長，被迫提早畢業，或以學生身分前往戰場。工科生有兵工生產技能，才得以念到畢業，再去兵工廠工作。」

最後語帶欣慰提到：「幸好我們已經畢業，否則會被迫半途而廢。」

榕樹下幾個老人家繼續聊著天，但已不若往日悠閒。現在消息雜亂，大家像心驚四竄的兔子，不知所措，瞪著眼睛豎起耳朵，振作起來打聽消息。好像本來死氣沉沉的熱帶魚缸，放一條鬥魚進去，每條魚無不打起精神逃命。

阿杉他爸仔今天有新的消息：「夭壽喔！有人要當日本人了。」

洪伯仔說：「你是說，街仔路轉角那間柑仔店？我知道啦，他全家都改了日本姓，兒子又志願入伍為兵，身分是皇軍，而非軍伕喔。」

李仔伯：「他們不知在政府裡做什麼官。他家的柑仔店，能得到賣菸酒特許，生活條件比一般人好很多，當然要配合做日本人。」

洪伯仔說：「而且要帶頭當模範。」

阿杉他爸仔不屑地說：「別傻了，那是去送死的啦。」

洪伯仔又說：「日本人勢面不好啦！不然怎麼會一直增兵，這樣子戰爭不會收束。」

阿杉他爸仔補充：「咱臺灣人去做啥兵！」

看起來，大家都在冷眼旁觀。柑仔店既受天皇厚恩，大概此類既得利益者比較有可能參與皇民化，在皇民化時率先當模範，卻也得身先士卒去南洋當炮灰，這代價未免太高了。

然而皇民化運動對於做生意的庶民來說，是無感的。也就是說，「帝力」與我何關？因為秀絃家沒有人當公教人員，也不是地方有名望的仕紳，更不是自以為是的進步人士。晚上吃飯時，秀絃阿娘不以為然地說：

「後面嘉福他那個大兒子，說要自願被徵調做『軍伕』，不知在想什麼？」

哥哥一面夾菜一面說：

「嘉福身體不好，兒子又無頭路，為了減輕家庭負擔，說去做軍伕待遇不錯。據說軍伕在戰場是不用拿槍打仗的，只是替軍隊勞動而已，危險性沒那麼高。自願被徵調的人，住家大門上可以貼上『榮譽之家』木牌。」

父親瞪著哥哥：「命都沒有了，貼那種牌子有什麼用？你不要被徵召就好了。」

哥哥毫不在意，不當一回事：「不會啦！你放心，我不想當軍伕，也不想當皇軍。我們又不是日本人，想當皇軍必須是日本人才有資格的呢！」

這秀絃家唯一的男丁，很幸運地一直沒被徵召入伍。自從一九三七年「七七事變」後，臺灣島內就有日本青年被徵召赴戰場犧牲，日本國籍是優先被調召去當兵的，臺灣人終究是被殖民者，無法完全被信任，當時還沒有資格去當皇軍。

但是沒過多久，逐漸地街道上氣氛不一樣了，正是父親所擔心的。榕樹下的人照樣來，討論話題大多與時局戰爭有關，有人焦慮地說：

「糟了，開始徵召了！我們工廠二十幾歲的男生，一個個被抓去當軍伕或兵工廠技工，不去不行。聽說神戶那裡的兵工廠，現在有很多臺灣人與朝鮮人。」

大家無不憂心忡忡，悲觀的人更說：「遲早的啦！抓去戰場打仗。」

一九四一年，日本偷襲珍珠港，南洋戰爭如火如荼地展開。起先年輕臺灣男子被徵召去南洋當軍伕，後來日本兵源大為不足，開始實施臺籍青年志願兵制度。但臺灣志願兵意願不高，不久又改為徵兵，臺男直接成為皇軍，陸續被徵召上戰場打仗。

秋天，應該是天高氣爽的日子，但是，不平常的一個早晨，低氣壓的空氣中瀰漫著濃濃海水鹹味和魚腥味，山雨欲來，秀紘父親說會有秋颱。此時外面突然聲音吵雜，然後有人合唱著〈臺灣軍之歌〉：

太平洋の空遠く（太平洋上天遙遠）

輝やく南十字星（南十字星閃閃光）

……

護りは我等　台湾軍（守護有咱臺灣軍）

あ、　巌として　台湾軍（啊！嚴防的臺灣軍）

——〈臺灣軍之歌〉李雲騰／譯

這是有人入伍時，學校老師會帶著學生列隊路旁，搖晃著日本小國旗，歡送他們入伍，然後老師帶著唱〈臺灣軍之歌〉。入伍者在區役所集合，遊行到渡船頭，會經過秀絃家門口，這一天街庄上的商店要插著「日之丸」旗子。後來入伍的人太頻繁，商店的旗子也懶得收了，很快地變舊變髒，保正也懶得來過問。

廟口那兒有個「愛國婦人會」千人針的小攤位，招呼路過的婦女來縫幾針，做成千人針布，代表眾多姐妹們的祝福，提供給入伍者攜帶。秀絃哥哥關心地問：

「絃仔，妳有去縫幾針否？」

「沒有啊，最近外面吵吵鬧鬧的，我都沒出門。好啦！我去縫個幾針，才不會被人講話。」

秀絃怕被人指責，那些愛國婦人會的大多是日本官太太，也是有點權勢，不好意思不去縫千人針布，於是穿好衣服，就特地出門到廟口攤位。

秀絃家前一位二十出頭的大哥，收到徵召令赤紙了。他這天斜肩披上日本國旗，披上千人針布，手拿著奉公袋及出征旗，然後與家人合影。自己也拍了張個人照給家人保存，表面上還要表現出很光榮的樣子。

秀絃母親嘆口氣說：「可憐啊！其實他們全家關在房子裡痛哭，寫真館建議拍的個人照，其實就是準備當遺照用的。」

沉默了一會兒，秀絃哥哥接著說：「我看過他們拍的照片，沒人有真正的笑容，個個都是面色凝重。」

「聽人說日本籍服役上限的年齡從四十歲提高到四十五歲了！」

而在臺灣的日本人，連中年人及學校老師都被徵召了，原本這種年紀與身分的日本人是不用上戰場的。

消息靈通的李仔伯說：「據說在日本內地，連身體不太合格的人，都被徵召。甚至在戰場上受傷被遣送回日本的軍人，還有被第二次徵召的可能。」

再這樣下去，秀絃年過四十的哥哥，終有一天也難逃一劫。

就在這個風雨飄搖的時局，杏子來了一封難得的信，信中充滿悲觀：

「絃子，見信如晤，幸好妳已回臺灣，東京那邊美軍天天來空襲，洋裁學校已經關閉了，校舍可能都已毀去。我可憐的哥哥是不會回來了，現在我們食物與物資都很困難，能跟妳寫信是我心中很大的安慰，希望妳那邊都平安，祝福和平早日到來，我們還能再見面。」

希望還能再見面？就是不敢期望還能見面。這是秀絃最要好同學杏子的最後一封信。秀絃收到信後立刻回了信。但接下來，杏子就再沒消息。不知她病倒了，或轟炸受傷，亦或不在人世？真令人擔心。太平洋戰爭爆發，前線對人力物力的需求日多。所有物資的分發，無論是食品、衣料都以軍方為優先，市場上物資日益短缺，且價格攀升，尤其是糧食不足所造成的影響最為嚴重。一九四二年，日本當局開始對米、鹽、砂糖等實施配給統制⑮，纖維製品的衣料票制。

各媒體從那種連戰連勝的氣氛，變成充斥著「決戰生活」的流行語。榕樹下的人隨著時局更沮喪了，他們不是心繫皇軍，而是戰局對日本愈來愈不利，連帶使臺灣人過著匱乏與困厄的生活，更怕戰火燒到臺灣來。

洪伯仔不屑地說：「我早就說了，日本人覬覦南洋的資源，食緊挵破碗。」

但秀絃家最有感且至痛的，便是「黃金動員」了，此時日本當局強逼臺灣民眾必須獻納黃金、銀飾品，甚至銅、鐵、鋁、錫，各種民生用品全部回收以供製造武器。連窗臺上的鐵條，所有看見的金屬都要敲下，拿去繳交，作為作戰軍火之用。

阿杉他爸仔無奈地說：「我家的一尊二宮銅雕像被拿去，其他金屬就別說了。」

洪伯仔：「我家連聖德太子銅雕都被拿走了。」

---

⑮ 一九四一年珍珠港事變，日本與美國戰爭爆發後，臺灣總督府隔年公布「臺灣米穀等應急措置令」，強制收購所有的米穀，並採用全面配給制。

最後一招，是由保正出面逐戶拜訪通知：

「政府規定獻納金銀，屋內金銀首飾都要拿出來。凡暗藏黃金者就是國賊，如果不供出來，就要接受搜查。萬一被發覺了，將會受到嚴罰處分。」

「天啊！這下子要怎麼過活？把人逼到絕境了。」秀絃哥哥沮喪地回家報告，並跟父母親商量對策。

因為大家都擔憂保正及員警來搜查，不得已供出黃金首飾。生活比較過得去的中等家庭的主婦，這些人家中不可能沒有首飾。她們被點名集中在派出所，大家哭喪著臉繳交黃金。秀絃母親也只好把家裡珍藏的金手鐲、金戒、金鍊等通通交出去。她懊惱不已：

「因為戰爭，之前為了保值及逃難方便，把現金和好幾塊地都換成黃金，現在反而全被沒收了。」

轟──高雄空襲警報

秀紘之前搭乘的豪華客輪「高千穗丸」，一九四三年從神戶返回基隆途中，於接近基隆時，遭美軍的潛水艇擊中，這是內臺航線傳來商船第一次被擊沉的噩耗⓰。

秀足姐原在日本當齒科醫生的姊姊秀玉，這時已回到潮州開設診所，她的女兒尚留在日本念高中。因為秀玉的丈夫在臺灣被日警特高課逮捕入獄，秀玉緊急召回她的女兒，卻不幸搭上高千穗丸罹難。

而在日本習醫的秀足姐一家人，直到一九四五年初轟炸期間才回到臺灣，隨即疏散到東港家鄉躲避空襲。

同年十二月二十八日，「富士丸」亦遭擊沉，成為繼「高千穗丸」後，再度被美軍魚雷擊沉的內臺航線船隻。秀紘這時才意識到，幸好父親有先見之明，要她提前回臺。

⓰ 高千穗丸是內臺航線上的豪華客貨輪，一九四三年三月十九日自神戶開往基隆途中，在快抵達臺灣的彭佳嶼海域時，遭到美潛艇 Kingfish 號三發魚雷擊中，短短十五分鐘完全沉沒，一千零八十九名乘員中僅二百四十五人獲救，為臺灣史上最大的海難。

一九四四年一月十一日晚上，美國軍機開始轟炸高雄。這一天晚上，民眾先是聽到恐怖急躁又拉長音的空襲警報聲，如同多時以來的演習警報：

「喔——喔——喔——」

大家豎起耳朵辨別真假，一時尚未意會是演習或真空襲。接著便聽到飛機轟鳴低空而來，更粗糙的飛機引擎聲響從空中傳來：

「嘎——嘎——嘎——」

不久，是更響的炸彈爆炸聲：「轟！轟！轟！轟！」

高雄港附近的爆炸聲此起彼落，火花衝天，冒著濃密的蕈狀黑煙，很快地濃煙蔽天。探照燈的白光從地面射向天空，夾雜著高射炮的炮擊聲響。

大家驚惶失措，臉色頓時蒼白。這是真的，不是演習，空襲真的來了！尖叫聲中，人人倉皇地奔跑尋找防空洞。

高雄是臺灣的重工業城市，有機場、造船廠、兵工廠、煉油廠及油庫，又是南進的軍港基地，港內停了不少軍艦。港區遭受美軍大規模輪番猛烈轟炸，高雄成為臺灣落彈最多的區域。旗後就在港口邊，有甚多造船廠與鐵工廠，更是首當其衝，最為嚴重。

一九四四年，日本在太平洋遭受重挫，失去最重要的據點塞班島，已是日暮途窮敗象俱現。失去塞班島，意味著失去制空權，美軍轟炸機現在可利用塞班島機場為基地起飛，來回日本本土或到臺灣轟炸。日本軍需漸耗竭，更加緊搜刮民間物資。

為了預防美軍空襲建造的防空壕，除了公家的之外，還有公學校內的防空壕，一九四五年一月開始，各地更有人自費就近挖防空壕。秀絃父親也雇了防空壕專業包商，在家前埕挖了一個可供全家躲避的防空壕。只要一聽到空襲警報，家裡所有人立即就近躲藏，時間很是充足，只是看起來好像沒公家建的那麼堅固。

而每到夜晚點燈，無論是電燈、煤油燈或蠟燭，家家戶戶的窗戶都要遮滿防空襲的黑布窗簾，以免光線透出。只要空襲警報一來，人們又會快跑進防空洞。

電臺反覆放送著壯烈的國策歌曲〈這一戰〉：

「這一戰！這一戰！無論如何都要堅持到底！堅持到底！」

一九四五年二月，美軍大規模地轟炸臺灣及日本各城市，雖然美軍主要目標在港口周邊，但轟炸範圍逐漸擴大。

「現在連我家旁邊的小鐵工廠也要炸，可聽見炸彈從高空落下，咻……的聲音，然後碰……的一聲。轟炸的震撼好像防空洞都快塌下來，我們家房子窗戶玻璃都震破了，空氣中充滿煙硝味，久久不散。」

洪伯仔更如驚弓之鳥，用手在頭頂上比著飛機來襲的樣子說：

「天空突然出現大批美軍機，傳來恐怖吼聲，接著是炸彈的爆炸聲。不只轟炸，還有掃射，我們都聽到噠、噠、噠、噠的機槍掃射聲了。」

「快疏散開！這裡已經不能住人了。」

大家還有一個不敢深入談論的憂慮問題，就是美軍會不會攻進臺灣，那將是多麼可怕的事。若美軍搶灘上岸，到時不只是飛機轟炸，還有大砲炮擊、機關槍掃射，臺灣豈不變成焦土？而且據日本人形容，美軍是很殘忍恐怖的，見人就殺。

卡其色的國民服

回到臺灣，秀絃仍可買到《婦人之友》、《婦女俱樂部》雜誌，那是坐渡輪再搭公車到鹽埕埔的「吉井百貨公司」購買的。

由《婦人之友》雜誌的服裝欄，秀絃知道日本政府為庶民男子制訂了「國民服」，是卡其色類似中山裝的衣服。而且說國民不應依流行與個人喜好而任意製作衣服，應遵照勒令款式，此乃國民之義務。

秀絃母親看了嗤之以鼻：「臺灣的窮人還很多，有衣服穿就不錯了，哪能這般要求。」

秀絃說：「不過可以想像此時的東京火車站，一群卡其色服裝的男人進進出出。」

為了方便躲空襲，同時還發展出一套疏散的特殊服裝。鼓勵婦女穿上一種燈籠褲，布色為卡其色或暗色系，不能夠太鮮豔，以免容易讓飛機的飛行員目視到，燈籠褲成了每個婦女必備的服裝。為了保護頭部，同時還要戴一頂遮耳及後腦的厚布防空帽。

母親不屑一顧說：「布做的防空帽哪有效？炮彈威力可大得很。」

政府呼籲大家自己做「蒙眼訓練」，在停電黑暗的環境，熟練地穿著防空服安全避難。但是跑空襲都來不及了，誰還有空去換穿那麼整齊的衣服？似乎沒人理會這好笑的蒙眼訓練。

這時的《婦人之友》已不再是高尚的貴婦服裝展示，而變成教人如何拆解舊衣，重新拼成一件衣服，例如以舊浴衣來製作男子內褲。幾本婦女雜誌的服裝專欄在這時期的主題，都是製作鼓勵奮鬥精神的衣服，指導戰時裁縫，例如少年少女戰時服、夏季決戰便服、防空服全套、必勝防空睡衣和決戰型襯衫。雜誌要我們重新檢視自己的睡衣，透過改造，做好夜間遭空襲也能直接避難的睡衣。

《婦人之友》雜誌對於空襲生活也有許多實用知識，例如在濕氣重且陰冷的防空洞裡，如何保護小孩，嬰兒也要穿上防空服等。雜誌中教導民眾很多決戰式「銃後生活」，例如把廚房視同軍事要塞，教學如何把廚房要塞化。

攜家帶眷疏散逃難

當時四處瀰漫著惶恐的氛圍，因此日本政府下令緊急疏散旗後居民。秀絃父親眼看這樣下去不是辦法，非找個安全的地方不可。後來不知是秀絃父親還是哥哥的朋友介紹了彰化社頭，那裡遠離城市與工業區，從沒有轟炸機轟炸。跑遠一點最好，這樣一來，即使有赤紙來也收不到，正好躲避，於是秀絃舉家作疏散的準備。

秀絃一家領取了一大筆現鈔，由哥哥用麻布袋背著，全家帶著行李細軟逃難，搭船又輾轉轉乘巴士，花上一整天時間才到達彰化社頭。這裡夠偏僻了，所以很安全。當時戶政管理嚴謹，即使戰亂避難，也要到鄉公所登記戶口，至今儘管已經相隔八十年也改朝換代了，社頭的戶政事務所仍查得到當時秀絃一家人到此避難的記錄。

同樣住在旗後已出嫁的秀絃大姊，一家七口疏散到小港方向的外婆家。那地方雖不是落彈點，但離高雄不遠，還可聽得到市區的轟炸聲，看得到爆炸火光及濃煙。因擔心轟炸範圍擴大，有飛機空襲警報時，在小港一樣也是要躲進防空洞。

社頭是農村，環境與旗後大為不同，只聽到蟲聲蛙叫鳥鳴，充滿青草花香的空氣，沒有工廠打鐵聲及魚腥味。

雖然是戰時的配給時代，不過在彰化社頭鄉村野外，因自然環境之賜，糧食卻是充足的。秀絃與哥哥每天出去村落覓食，向農民採購雞鴨或蔬菜，有次竟把整隻山羊買回家。

秀絃母親嚇了一跳：「整隻羊都牽回來？一定很貴吧。」

哥哥搖搖手，興奮地說：「不會啦，用衣服換的，其實山羊皮包骨，沒什麼肉。不會有多貴。」

秀絃家人帶去的衣服很受歡迎，有人希望以食物換取衣服，因此當城裡的人還在配給食物時，秀絃他們卻天天有肉吃。這些都是黑市買賣，但幸好在鄉下的監查沒有城市嚴厲。

鄉下的農民有時會冒險帶食物到城裡做黑市交易，到城鎮跟日本人換和服。因為和服布料都很好，把和服與腰帶拆開來，可做成好幾件衣服。但車站常有警察檢查行李。若遇上盤查，輕則丟棄農產品逃逸，重則被逮受罰。

在非常時期，疏散的日子，什麼生意也不能做，秀絃一家帶了足夠現金，鄉下意外有那麼多野趣，這因為戰爭疏散的半年多時光，成為秀絃日後所津津樂道的故事。

等到玉音放送的那一天

疏散至社頭鄉下半年後，一九四五年八月十五日中午，全家都吃完午飯了，卻不見秀絃哥哥回來，母親生氣地罵著：

「這個時代，什麼時候了，還到處亂跑。」

此時秀絃哥哥匆匆忙忙跑回家，大聲喊叫：「日本投降了！日本投降了！有玉音放送，日本投降了！」

「啥物是玉音放送？」

「玉音放送就是日本天皇在電臺講話啦！」

「真的？那我們趕快整理整理，準備回家了。」

全家人歡天喜地準備返回旗後老家。因為戰爭結束可以返家，從此不再有隨口罵人「馬鹿野郎（日文，笨蛋混帳）」及揮警棍的日本警察，黃金被沒收的怨憤多少吐了一口氣，所以當時秀絃家對日本戰敗是高興的。

秀絃母親還有餘力關心起別人，她嚷著：「嘉福他後生不知會回來否？」

只是不同的年齡層有不同反應，年輕人在密集日本皇民化教育環境下長大，思想與價值觀深受同化，又被灌輸較多國民精神總動員教條，對於日本的戰敗就無法接受，甚至如喪考妣。

勝利與返家的雀躍，一到家馬上降為零。因為眼前景象怵目驚心，秀絃家的三合院已被夷為平地。門前炸彈落點出現一個大窟窿，積滿了水，驚奇的是在水中有好多魚蝦，有長達一臺尺的大魚，還有大螃蟹。可能是這段疏散期間有颱風大雨，海水又漲潮，把魚蟹都帶進來。秀絃哥哥又發揮他的玩樂專長，立即展開抓魚捕蟹的工作。

更令人驚奇的是，渡船口前面秀絃大姊的家，以咾咕石砌的兩層樓房，竟安然無恙屹立不搖，只是牆壁上多了些彈孔。臨港第一排原本較體面壯觀的洋行，都被炸成廢墟。

高雄港到處是被美軍炸沉或日軍自沉的沉船，因為日本稱船為「丸」，船名都叫××丸，那麼多沉船當地人戲謔地稱為「丸仔湯」。

旗後的街巷社區更慘，到處都是殘破的廢墟。有些大宅院或洋行的西式洋宅只剩一片殘壁，地面滿是瓦礫。廢墟中的一棟洋樓，還殘存了洛可可式的雕花牆面，由這片殘壁可想當初建物之宏偉，破敗中透露過往曾有的富貴。這種殘缺美，讓人充滿了幻想。秀絃常獨自走進廢墟，看著破敗壁面的窗櫺，猜測老屋從前的客廳、臥室和屋內陳設，想像原本主人往昔曾有的富貴。

更多小孩子喜歡在廢墟中尋找，看有什麼珍寶，可惜早已有人捷足先登。有些建築物的廢墟，在戰後歷經七十年仍未重建，或許屋主全家族都已消逝，也或許有些產權屬於公司行號，而公司消滅不存了。

臺灣得到上天的保佑，美軍沒有登陸臺灣，秀紘哥哥也得到庇護，沒收到徵召令的赤紙。待戰爭結束，大家謠傳保正一家並未繳交金飾。他很狡猾，知道不會有人來搜查他家，所以沒有奉獻金飾。有人起鬨要去揍這家走狗，但最後不了了之。

重建殘敗家園

秀紘父親雇工重建家園，蓋三連棟街屋，可當店面做生意。秀紘家好似一下子從農漁業時代的三合院，進化到商業時代的店鋪。

秀足姐戰後回到臺灣，在高雄七賢三路開設秀足婦產科診所，她當牙醫的姊姊秀玉在潮州開設齒科診所。郭國基夫人的久代齒科診所仍在新興街，秀紘婚後全家人的牙疾都在此治療。郭國基先生一度因為政治思想問題被日本與國民政府關進監獄，幸獲釋放，後來還當上了省議員與立法委員。

幾年的戰爭空襲及疏散，已人事全非。望月姐、濃眉青年、北海道同學杏子，及日本學校同學們完全失聯。那有微笑酒窩的姑媽孩子，也音訊全無。當然隔壁居酒屋的日本夫妻早就失蹤，可能回日本去了。反而是哥哥兩個被帶走的兒子，回來認祖歸宗。

然而，跟秀紘一起去東京的望月姐一直沒再相見，不知她有沒有回臺灣？秀紘好幾次到她家尋找，從鐵門探進去，只見庭院破碎的大陶缸和一片斷垣殘壁。

秀紘在外徘徊一陣子，引起旁邊一位大嬸的注意，問說：「紘仔，妳在找啥？」

「望月姐她家人呢？」

「欸！長久也沒來整理，無人知道她這戶人家到哪去了。」

後來秀絃由《婦人之友》雜誌看到，學校的創立者パイン縫紉機株式会社，於一九五二年又重新設立了「蛇之目洋裁學院」，以前的副校長押切今朝枝女士擔任東京高等洋裁女學院院長，這是有關日本洋裁秀絃得到的最後一個訊息。

秀絃在日本銀座喝咖啡的經驗，要在回臺長達五十年後，才有機會再走進一家較有品味的咖啡廳。她回憶往昔，不勝唏噓。

秀絃家中生意始終毫無起色，家產逐一變賣。後來日本的郵政儲金也不知怎麼了，但可想而知，已沒有什麼價值，形同化為烏有，秀絃深感家道中落的遺憾。

五

旗津的兒時記憶

漁港旁誕生的好命嬰仔

秀絃對於家道中落是很有感觸的，主要是之前把房地產換成黃金與日本郵政儲金，黃金被沒收，儲金又一文不值。雖說錢沒有了可以再賺，但秀絃哥哥做生意沒父親的能幹精明、靈活創意，營收連扶養幾個孩子都倍感吃力。秀絃是么女，留在家中時間最長，家道的起落她一路看在眼裡。

秀絃從前家境不錯，不然怎能去日本求學又安度戰爭空襲與疏散的日子？但是家族興盛也不過短短的二十多年，真的富不過二代。秀絃幸運的是，能去日本求學可說正值家庭經濟順利的時候。

秀絃生於高雄的旗後，有「大正浪漫」之稱的一九二〇年，也是裝飾藝術(Art Deco)流行之年。這是民國九年，也是日本大正九年，從一八九五年割讓臺灣，日本治臺算起，已經二十五年了。第一次世界大戰剛結束兩年，日本迎來景氣大擴張的時代，當時臺灣完成南北縱貫鐵路，旗後對面的哈瑪星即是縱貫鐵路終點。

這區域有寬廣的街道、新穎的建築，高雄的金融與工商業蓬勃發展，正迎向現代化。哈瑪星與鹽埕埔不少的裝飾藝術風格建築物，也驗證了這城市建設的時代。

很難想像，這個今日所見沒落的小漁村旗後，曾是高雄的發源地。旗後曾是高雄市役所⓱的所在，及高雄第一所學校的誕生地。但是秀絃出生時，旗後的首要地位，甫被對岸的哈瑪星所取代。

在那個美好年代，秀絃出生於旗後的平和街。又因出生前阿爸生意順暢，在臨街蓋好了有紅陶屋瓦的三合院住家，秀絃就誕生在那棟大瓦厝裡。

自秀絃有記憶，鄰居阿嬸便常以羨慕口吻，微笑地摸著她的頭說：「妳真好命，出世就有大瓦厝住。」

年紀大她很多已出嫁的大姊也疼惜地對秀絃說：「我們以前都擠在木板釘柏油布屋頂的房子，妳都不知呢。」

秀絃上面有三個姊姊與兩個哥哥，早年他們都住過窄矮小房，不像她，一出生就有磚造瓦屋可住，可謂是風光出世。

這座紅磚牆赤瓦頂傳統閩南式建築堅固的房舍，其實再普通不過了。但足以遮風避雨，

⓱ 高雄市役所即高雄市政府。

不必擔心颱風。房屋中間圍繞著一塊稻埕空地，但不晒穀子，而是存放貨物與器材。

那個時代，一般人家是編竹夾泥牆或塗墼厝（臺語，thôo-kat-tshù，以土塊砌成的房子），或木板牆頂覆柏油布組建，秀絃家這樣的建築算是中產住宅。在旗津半島，沒有高山的屏障，颱風來時風吹得特別強勁。簡陋的房子不耐颱風，雨水又容易滲漏進來，於是外頭大雨，屋內小雨，甚至冬天寒風也會從縫隙灌進來。

秀絃大概六歲時，在一個寒冬有陽光的白天到鄰居阿春仔家玩耍，點點陽光從屋頂與牆壁隙罅篩落，光點在屋內地板及桌椅上跳躍，但屋內卻有絲絲的寒風，她渾身哆嗦，上下牙齒相碰發出抖音：

「阿春仔，妳家比外面冷，冷風從各個洞口灌進來，妳們晚上怎麼睡啊？」

「晚上燒土炭啊！有火就不會冷。」阿春仔輕鬆地回說。

「白天我阿嬤提暖手爐，手暖全身也暖。」

這種簡陋的房子堪可遮風雨，但並不避寒。

秀絃最喜歡到後面鄰居望月姐姐家玩，望月大秀絃三歲，是玩伴大姐頭。她家是製作醬油的醬油間，前庭有很多大陶缸，大家躲在陶缸後面玩捉迷藏。

秀絃家門口斜對面幾步遠，就是三百多年歷史的旗後天后宮，屋側幾步路是臺灣第一座基督教會的馬雅各教堂。這裡是旗後市中心，可見得秀紘家地段之佳。

但是她家並不是一開始就富裕，而是靠父親做生意慢慢地累積，白手起家的。母親娘家也只是中產階級，不是世家，也不算大戶，以前到底是怎樣的生活環境？她全然不知。

秀紘雖問過父親：「阿爸，我們以前住哪？做什麼生意的？」卻得到一頓喝斥：「妳吃飽太閒，問這幹嘛？妳沒看到大家都在忙？」

父親比較不會跟女兒秀紘說先祖的事，從此秀紘不再問父親。因為家裡生意有點勞力密集，常需要一家人出腳出手，所以大家跑進跑出地忙碌，把她的問題都當成胡思亂想。

小孩子見識不多，以為世界就是這個樣，大家都生活在旗後同樣的環境。沒出去走走，往往以為這就是全世界。後來發現，旗後雖然比不上對岸的哈瑪星那麼發達，但還是比一般鄉鎮村莊熱鬧得多，也算是城鎮景觀。

大門口外有一棵大榕樹，樹下擺放幾張長條椅，附近阿伯阿嬸最喜歡坐在這裡，抽長管菸絲、咬檳榔及聊天，冬天人手一暖手爐。蔡伯仔對於旗後的沒落，哀怨地說：

「旗後打造了哈瑪星與鹽埕埔的繁榮，但是打狗發展之後，卻使旗後逐步趨於沒落。」

其實蔡伯仔已是老生常談，老歲仔生活沒什麼新鮮事，就是一再重複。這年紀的人，經歷了大清皇朝，眼看著日軍從旗後登岸，然後進入日本統治時代，身邊突然湧進了一大批日本人。

其他的人有聽沒到，眼神渙散，社會邊緣的小市民，各人有各人心事，對於外界的事，實在無能為力。

旗後發展得早，人口密集，房子有地就蓋，一點都市規劃都沒有。錯落無致的閩式建築，隱藏在曲折的窄巷。巷弄間也會傳來熟悉的黑油味，裡面小院落可能有臺捨不得丟棄的舊船舶發動機，或沾滿魚腥味的舊漁網。走進巷弄一探，可能是封閉的死巷，也可能柳暗花明又一村。

蔡伯仔望著修善堂那方向的聚落，幽幽地說：「人死在裡面，棺材抬不進去，也抬不出來。」

老人家們兀自咬著檳榔，沒人對蔡伯仔的話有反應。

狹長的旗津人口不少，分成幾個聚落，依序是旗後、沙仔地、烏松、大汕頭、赤竹仔、中洲、七柱、土地公、崩隙、紅毛港、小港等部落。秀紘小時候對這些地名耳熟能詳，好像世界就是這些範圍，似近又遠。近是因大人們常在這些地方來來往往，遠是因為遠得不是囡仔徒步能夠走得到的。

旗後山上有清朝砲臺及白色燈塔，對面打狗山上有紅磚造的英國領事館，每座建築都充滿歷史文化。秀紘家門口這條灰黑的柏油路，長長地延伸到旗後山山腳下的臨水夫人廟。旗後山是一座咾咕石形成突起的山，由珊瑚組成，石頭多孔嶙峋，山石疊嶂，危岩峭壁，乾燥的山上山下，不太茂盛的草叢與灌木掙扎地生長。

這條柏油路若往後走，就可到中洲及紅毛港，秀紘從沒走到那麼遠的地方。從家屋過去不遠，路旁就有幾家造船廠，廠邊空氣飄浮著檜木香，造船廠裡傳出各種機器轉動聲及敲打聲。

一個春天的下午，不冷不熱很是舒適，秀紘站在門口正想如何打發時間。鄰居的阿正兄、望月姐迎面而來：

「紘仔，我們去大汕頭玩。」

旗津的地名有很多「汕」字，例如大汕頭、北汕里，汕就是堆積的沙洲。秀紘常聽人家說去大汕頭或中洲遊玩，但她都不知道有什麼好玩的。無論如何，機會難得，一定很有趣，秀紘於是立刻緊跟尾隨。

其實也不很遠，大汕頭一下就到了。民宅也是很密集，民宅小巷後就是港內潟湖，水質清澈。秀紘跟著阿正、望月走進淺灘，望月教她彎下腰伸手摸蛤仔。

他們好像入寶山撿寶一樣地興奮，大家都撿了不少，太好玩了。這種快樂感來自不可預知的收穫。秀紘也才去過一次，便成為秀紘長久未曾忘懷的記憶。

旗後海域從天穹向四處展開，碧藍晶瑩的海水粼粼閃耀，天色湛藍，白雲如棉花般地飄浮，藍天白雲是長年不變的永恆。

當時高雄港最繁榮的區域就在旗後邊，每天商船、軍艦、汽艇、漁船、戎克船、竹排仔（臺語，tik-pâi-á，竹筏）及雙槳舢舨等，各種舟船來來往往。這些船中以漁船最多，揚起塗上薯榔汁⓲棕紅色的帆，滑行在港內。漁忙季節，港內帆檣林立。

如果帆船靠近岸邊，幾張棕紅色的帆幾乎要把天都遮蓋了。在這也可以看見唐山過來有帆的戎克船，船身兩側突出如筋骨般的半圓木條，模樣粗獷結實，不如臺灣光潔船身的漁船秀氣。

白天漁港邊總是熱鬧，粗獷而有活力，停泊的漁船收音機大聲地放送著高亢的歌聲，大多是漂泊、流浪的思鄉之歌。這是漁工們的心聲，也像在訴說漁船長期在大洋中的孤寂。奇怪的是，至今臺語歌曲依然是這個調調，一點也沒變，環境背景和八十年前一模一樣。

⓲ 薯榔為藤本植物，其地下莖球塊富含紅色素、單寧酸，以及膠質，薯榔球塊切片加木灰水的汁液能讓自然纖維更加堅韌耐久。所以棉線漁網及船帆常用薯榔液補強。

我的夢想　寄在他鄉　……
男子漢　著愛堅強　……

——〈漂ノ男子漢〉許明傑／詞曲

孤單癡情等待　一生苦嘆悲哀
心流浪的感情世界　……

——〈無緣的人無緣的愛〉欒克勇／詞曲

可是他們為什麼要把音樂放這麼大聲呢？有人說：「這些討海人的耳朵都壞掉了，他們在海上耳膜長年忍受著噪音，有震耳欲聾的引擎聲與持續的海浪聲，你就會知道，收音機要放多大聲，才能蓋過這些噪音啊！」

港邊偶爾會有兩聲低沉的汽笛聲劃破天際：「嗚——嗚——」，那是大船駛過的宣告，煙囪冒出濃濃黑煙。除了陣陣飄懸在空中的魚腥味，還飄來濃濃的煤柴油味，五味雜陳，令人屏息掩鼻。

旗後的鐵工廠多，金屬鏗鏘敲打，打破蒼穹及各角落的打鐵聲，秀絃在家屋內都可聽到遠處傳來厚重的聲響：

「倥——倥——倥——倥——倥——」

旗後各行業皆與港區的貨船與漁業有關，生氣勃勃而繁榮，秀絃家生意也因勢而起。

熱鬧的廟口夜市

秀紘旗後幼年時的日子是小城生活，這裡雖沒有高樓大廈，但商業發達，各種吃的喝的都有，生活機能好，最熱鬧的是天后宮廟埕及廟旁夜市。廟埕尤其適合小朋友玩樂，附近攤販或家庭小店多做兒童生意，如小零食、尪仔標、糯米尪仔、抽獎、套圈圈等。每攤都有幾個玻璃大罐，裡面放著紅、黃、綠各色的糖球仔。即使小吃攤，也多是矮桌低椅，坐在小椅上吃一盤番茄沾醬油，是小朋友特愛的美食。

整個市場好像都在做小孩生意似的，難道小孩子的錢比較好賺？可能那時小孩多，而大人普遍節儉，不亂花錢，卻願意給囡仔一點零角，讓他們出去玩。但其實囡仔手頭也不過那麼點零錢，商家就是要設法賺取這點小錢。另一方面，小孩生意的本錢低，家家可當副業經營，小百姓就是那麼勤奮，以小本錢來賺取蠅頭小利。

適合大人的店，秀紘只記得廟埕旁有家汕頭麵店，大鍋上不時霧氣蒸騰，現做的手工麵條燙熟，淋上大骨高湯，放兩片薄豬肉片，灑點蔥花與芹菜花，陣陣飄到鼻尖的汕頭麵香，滋味真是清爽美味。這是秀紘吃過最好吃的麵。她每次路過總是流著口水，總想等有了足夠零用錢再來。只是因為捨不得花錢，一共也才來吃過兩次。

麵店隔壁是裁縫店，櫃子及桌面上的生漆，因年代久遠，都磨損掉光露出木紋和裂痕。裁縫師是男的，據說是福州人，都是縫製唐衫、長袍之類，店中有賣些千古不變的棉麻布料。傳統上，拜師學唐衫裁縫技術，要三年四個月才能出師，時間雖長，但出來當學徒時才十三、四歲，出師也才十七歲，再實作磨練個三年，二十歲就可以出來開業，年紀輕輕就可以當老闆了。

印象中旗後再沒有其他專業布店，但時有行腳布販來，他們有的挑擔，有的腳踏三輪車，還有騎腳踏車專門賣針線鈕扣的，這些就是所謂的賣貨郎。秀絃母親因纏足不那麼方便，蠻喜歡他們來，滿心期待展開布料，逐一欣賞。

旗後雖然工商業發達，卻沒有大商店，盡是這些臺灣柑仔店，日本人稱呼「駄菓子店」的小鋪。至於經常有的迎神賽會、布袋戲、野臺戲等幾乎接連不斷，七爺八爺、鑼鼓喧天，鞭炮聲夾吆喝聲此起彼落，是個熱鬧激情的世界。

秀絃從不記得，那是什麼節日或某王爺生日，或是什麼人還願。但印象最深的是魁儡戲，也就是懸絲戲，由於是有神鬼內涵的神祕表演，小孩子還被告誡不得去看。只要是演魁儡戲的晚上，秀絃連夜市也不敢去逛。

旗後晚上的夜市可熱鬧了，從天后宮一直延伸到修善堂，長達二、三百公尺。同時充滿新奇趣味，例如變魔術、賣藥粉藥膏、拳頭師傅、算命攤、唱曲調等，聲光動作令人眼花撩亂。

其中讓秀紘印象最深的，就是賣跌打傷藥粉的鹿港施劍仙，他總是拿一把劍作勢要吞，說：

「我是鹿港來的施劍仙，這支劍可以吞到肚臍……」

他拿劍指著肚臍的位置，一副作勢要吞劍了。大家無不屏息以待，但他每次總在這時候就把劍放下，接著拿起白牡丹藥粉推銷，吊足大家胃口。秀紘看了幾年，就從來沒有看他真的吞劍，不過他的藥粉倒是真的不錯。

還有洗眼睛的王樂仔，她能用棉花棒快速在眼球上一擦，挖出小黑蟲，一擦就是一隻。有人看了目瞪口呆，深信不疑。在砂眼普遍的時代，不乏她的客人；但也有人嗤之以鼻，眼睛裡哪可能藏那麼多小蟲，應是魔術技法。不過人們看不出破綻，對於她的神祕絕學不得不嘖嘖稱奇。

另外還有基督教的宣教團，一群白袍教徒，背上寫著「應當悔改，信我者得永生」，他們在布幔圍起的攤區唱著聖歌，頌讚上帝來吸引人入教，大聲呼籲著：

「大家來信耶穌，來信耶穌……。」

而彈月琴的盲眼夫婦，在微弱電土燭火旁，以音色滄桑的恆春調說唱，曲調悠遠，唱出了貧民生活困苦的憂傷：

思想枝！
日頭出來滿天紅
枋寮過去是楓港
噯唷喂

拿小板凳坐在月琴前專注聽的都是老人家，像秀絃這種小孩，對於這種老調是沒有興趣的，更不會理解到底好聽在哪裡。

「阿娘，莫看這啦，無聊。」

秀絃不耐煩地拉著母親衣袖，想離開恆春調說唱，但秀絃玩得久的地方，阿娘卻陪著她看。

其他各式魔術或技藝表演，也都趣味盎然，挑動著孩子們的好奇心。夜市各種聲音相混在一起，充滿混雜的野趣。秀紘每晚總要來逛一圈，把心融化於夜市的晚風，然後才心滿意足地回家。

黑沙灘上氣象萬千

旗津的外海是一片黑沙灘，大人與小孩無不歡喜在黃昏時分，涼風吹拂下，到此欣賞海天一色，望著夕陽逐漸隱入大海的落日餘暉。此時的水面浮光躍金，粼粼波濤盪漾，陣陣海浪拍打著沙灘。大浪捲起時，像一道洶洶白牆迎面而來，頃刻間又坍塌。可以在此玩沙做沙雕，也可以追逐小沙蟹，赤腳踩在沙灘，感受細緻涼爽的泥沙，讓大自然療癒人的身心。

有天午後，秀絃正在家無所事事，忽然聽到外頭吵雜，有人大聲呼叫：「有龍絞水喔！有龍絞水喔！」瞧見濱海景象最驚人的一幕——海上龍捲風。

鄰居爭相走告，一起奔到外海沙灘。眼前竟出現一大擎天水柱，就在海面上不遠處，海水被絞上天，又好像由天際傾注大水，水柱上烏雲密布，山雨欲來之勢非常壯觀。

幸好這股巨大水柱往外海移動，一陣子後，水柱愈來愈小，最後像條天空垂下的老鼠尾巴。等到龍絞水遠颺，又是一片晴空萬里，風平浪靜。

那次的海上龍捲風，秀絃後來再也沒有遇過，奇異的景象，深刻在她腦海。

黑沙灘上有好幾棟以編竹、木片和浪板搭建的簡陋草屋，用鋼繩及大石拉住屋頂，不然颱風一來就吹走了。草屋建在沙地上，看來這似乎是漁人的臨時漁寮，也許是漁汛季節才來的棲身所在。但這裡也看到婦女小孩出沒，好像有人家在這生活。

漁人的謀生器材就是屋前竹排仔及漁網，單艘竹排仔拉著流刺網到海裡捕魚，也叫做「放罟仔」。晚上他們則到淺灘上捕虱目魚苗及鰻魚苗。不過，麻煩的是，外海沒有港灣可防浪或拴竹排仔。為免竹排仔被浪捲走，所以船隻都要拉上沙灘。

漁寮前的沙灘上總會晒著幾片漁網，棉紗做的漁網不耐海水，要常晒太陽，又要定期泡薯榔液。由於打漁時漁網都會破損，修補漁網的工作便成了漁村婦女日常的工作。

牽罟則是這裡最有活力的活動，兩隻竹排仔拖著巨網，逐漸收網，沙攤上兩邊各有十來人齊力拉網，正像拔河的姿勢。為了動作一致，大家合唱牽罟歌：

「嘿呦、嘿呦，搶呦、搶呦，嘿起來、搶起來，嘿起來、噢！大魚來呦！」

大家反覆誦唱，眾人合力收網上岸，所謂新鮮的現撈就是如此，立即有買家攏上採購。

在這片黑沙灘遠處的椰子林，以及防風林是一片祕境，筆直的椰子林及木麻黃純林，陽光掩映層疊，涼風習習。地面盡是沙及落葉，沒有雜草樹叢，又遠離塵囂。知道這片樹林的人不多，相當幽靜，最適合情侶約會，也只有內行的情侶才會找到這裡來。可是小孩就是沒有浪漫情懷，都覺得這裡單調又無聊。

小孩們是不會來這片木麻黃林的，秀絃雖然喜歡花草植物，但木麻黃針葉是灰黑色，又滿布灰塵，且垂頭喪氣似的，一點也沒有樹木該有的鮮翠生氣。

假如木麻黃能像松樹的松針層疊櫛比或樹鱗蒼古，那麼也會很有味道。另一種沙灘植物林投樹，也像木麻黃一樣缺乏浪漫，林投樹是叢生的灌木，滿身利刺。

但沙灘地面開著紫花的馬鞍藤和一副柔弱開黃花的宵待草，甚為浪漫好看。菟絲花與女蘿草這兩種植物則總是糾纏在一起，怪不得歌詞裡唱著菟絲附女蘿的怨曲。但最實用受歡迎的是地骨草，人們挖地骨草的根煮開水加糖，即是清涼退火的夏季飲料，孩子們常相約到這裡搜尋地骨草，結果是地骨草一冒出土，就被人迫不及待挖走。

住海邊的好處之一，就是炒花生方便，大家都知道用沙來炒花生，沙可使花生受熱均勻，而不致炒焦。秀絃母親總是慈祥溫柔地跟秀絃說：「絃仔，妳去外海邊挖一罐沙回來，我炒花生給妳吃，記得挑乾淨一點的喔！」

「好，我馬上去。」

母親拿出一個牛奶罐給秀絃，她匆忙拿起罐子，赤著腳跑向外海。炎炎夏日，這是件苦差事。沙灘被正午太陽晒得像爐火的灰燼，秀絃汗流浹背，才一踩到沙，雙腳就燙得受不了。她趕快退回摘幾片欖仁樹葉，接替鋪在沙灘，快速地往前跳躍，像隻受驚的蚱蜢，直到踩到稍涼的濕沙，才鬆了一口氣，讓海水冷卻一下火熱的腳掌後，火速的挖了罐沙跑回家，真後悔沒穿鞋子出來。

漁港和漁市的盎然生意

旗後的外海有沙灘，內港有護岸、岩石。平日秀絃喜歡到內港海岸玩，在岩石間尋找來不及退潮的小魚，或是翻開石頭，看看躲藏在石下攢動的螃蟹。但能找到的都是小蟹，有時可找到一種中型硬厚殼的雷公蟹。那就要小心了，據說被牠的大螯鉗到，會死咬不放。要有打雷聲，牠才會放手，所以叫「雷公蟹」。其實真正的大螃蟹都在海底，不會躲在岸上石縫。海中的蟹必須用蟹籠抓，秀絃哥哥就是此中高手。

未入學時，秀絃經常來這離家不遠的漁行玩耍。漁行是拍賣魚貨的市場，就在渡船頭邊，這地方充滿了魚腥味。一大早就已人車喧譁，地面排滿漁船甫卸下的魚貨，拍賣官以特有的手勢，在空中比劃，瞬間就成交了，這並非外人所能看懂。

她最愛看這裡的魚貨，好像尋寶，找尋罕見有趣的魚蟹。普通小魚一堆堆或一籮籮，大型旗魚及鮪魚則隻隻排列整齊，旗魚遠大於她的身高，令她望之驚異。冬天則可看到堆積如山的烏魚。烏魚有時多到擺出漁行外頭，市場也因此擠滿看烏魚的魚商及民眾。有次漁船竟拖回一隻鯨魚，鯨魚在港邊水上載沉載浮，全旗後的人都聞訊而來，無不嘖嘖稱奇。

渡船頭前海域是高雄港最熱鬧的地方，各式輪船熙來攘往，進出港口，空氣中除了魚腥味，還有更多的柴油味。小漁船的馬達聲特別吵，噠噠地一路吵過去。

而與一般民眾生活關係最密切的，就是來往旗後與哈瑪星間的渡輪了。除了渡輪之外，還有一種紅頭船的渡船，它是單人雙槳手划的舢舨，人們稱呼「雙槳」。船頭畫有一對大大的眼睛，紅色圖案船首與綠色船身。有時渡輪人多擁擠，或才剛開走，有急事要到對岸的客人就會去搭這種雙槳舢舨，船資與渡輪一樣。

想想船伕獨自一人，必須在波浪不止的港面，奮力划動一條滿載客人的船，可真是艱苦！有一年春節，秀絃搭了一艘滿載的舢舨，划到中途，一支船槳不堪重荷，突然瞬間折斷。小船在港中失控漂流，乘客們無不驚惶失措，幸好一位有經驗的客人出來幫忙，一人划一槳，搖搖晃晃，才將船划到對岸。這種紅頭船也可加帆出海捕魚，港內常可見到帆檣林立的景象，甚為壯觀。

有一次，秀絃全家去援中港親戚家吃喜酒，是搭漁船過去的。那時陸上交通不便，主人又住在偏僻的援中港漁村，於是主人親自用自家漁船接送客人過去吃喜酒。起錨解繩後，船在港內行駛尚稱平穩。但漁船一出港，立即遇上驚濤駭浪。船首衝浪昂起又左右搖晃，船隻偏偏往浪裡鑽，湧浪猛烈擊打船舷，水沫飛揚。

秀紘頓時驚恐萬分，目眩頭昏好似天旋地轉，有如面臨生死關頭。可是大家不以為意，原來這不過是漁人的日常，漁船在海上都是那麼驚險。

「最後我們安然抵達。我永遠記得船行這一幕，但接下來的喜酒吃什麼，就一點印象也沒了。」

下著細雨的高雄港，水氣氤氳瀰漫海上，不遠的打狗山雲霧煙靄裊繞，有時山頂如孤島，浮在雲海，有時又籠罩在雲霧之中，高不見頂。若雨勢更大，整個打狗山不見蹤跡。天空一片灰濛，水面也是暗澹，海天一色，舟船停在灰色水面，猶如浮在雲上一般。

海洋的種種氣味充滿淚水與安慰的回憶，是一股濃濃的鄉愁，常喚醒秀紘亙古的記憶。

混合鹹腥海味的家鄉氣息

秀絃首次發現海洋之美，是因為公學校三年級時，日本老師請假回鄉，學校請來一位年輕的臺灣代課老師，有晚邀她與另一個同學到港邊聊天。天空靜靜地迎來黑夜，她們坐在旗後渡船場海邊，悠閒地看著港景。微風帶著潮濕水氣，迎面吹來，秀絃生平第一次發現夜景之美。

那時她年紀尚小，天天看得到海浪，時時有各種船隻，對於港邊景物早習以為常，哪會有這般閒情欣賞美醜？從來沒有像現在，只是單純地坐著吹吹海風，品聞海洋的氣息。那是一種混合著鹹味、海藻和魚腥的味道，是家鄉溫暖的氣息。

望著燈火通明的船隻進出，各式各樣的輪船、軍艦及漁船，以雄偉的身段破浪前進。不知它們從何處而來？出港的船，又將駛往何方？夜晚船上的燈光就像一座聖誕樹，在黑夜中神祕地閃爍迷離，此時整個世界彷彿靜了下來，只剩仍在一旁劈啪作響的海濤聲，原來看海看船是如此之美。

每次聽到輪船汽笛低沉地悠然長鳴，總讓人憧憬國外繁華風光，小孩從大人口中聽聞，總是歆羨洋人生活多麼先進。

只是眼前這片平靜的海，從入秋到來年初春，海面始終波濤洶湧。夏季颱風天時，海浪拍打港堤有一層樓高，又凶又急。颱風時如果又逢海水倒灌，秀絃離海不遠的家經常淹水，庭院水泥地破洞中露出的黏土層，在積水中變得滑溜溜的，一不小心踩到，就會滑倒。

旗津應是海沙淤積形成，除了特立獨行的旗後山，土壤就像摻鹽一般的鹹，只有少數樹木能夠存活，連青草也不多見。所謂林木蓊鬱，綠草如茵，這些形容詞都是書上才有。在旗後也沒有河流湖泊，詩情畫意的景色，如湖波漣漪、溪流淙淙，也只能在夢中想像。

那時候路燈少，家戶燭光如豆，幾乎沒有光害，晚上的星星多又明亮。黑夜籠罩時，星星逐顆出現，正如歌謠中唱的：

星星呀，星星
出來了一顆
出來了成千上萬顆

然後只見天際長長一片的銀河，總伴隨著白茫茫的霧。本以為那是被照亮的雲，但是秀絃看了幾年，終於確定那團茫茫的白霧都是密密麻麻的星星，形成雲霧一般，也就是所謂的銀河。

秀絃在旗後度過了愉快的童年，她是個幸福的孩子，家族生意正值興隆順遂，家中不愁吃穿，身為么女的她更是受盡父母兄姊的無比寵愛。童年對於秀絃來說，只有不識愁滋味的美好回憶。

六

背起書包上公學校

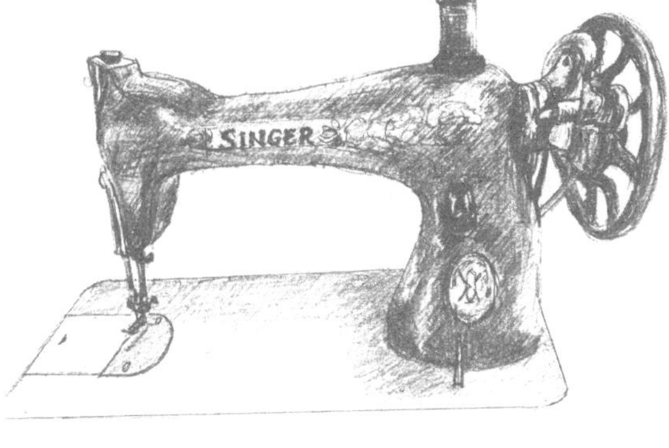

母親紮妥的兩條辮子

入公學校以前，秀絃閒暇就是隨處逛逛玩玩，到廟口看熱鬧，到港口看漁船，或是掠田嬰，日子過得輕鬆自在。但心裡偶爾總會升起一絲隱憂——哪天就輪到她上學了。

一個三月春暖花開的上午，秀絃正在門口路邊掠田嬰，春天初升的太陽尚不太熱，但只要日頭稍稍高掛氣溫就很酷烈了，臺灣南部只有夏季與冬季，但夏季包含春天與秋天，所以掠田嬰就要趁早晨時光。

掠田嬰不用工具，只須從後面躡手躡腳地接近田嬰，然後屏息靜氣伸出兩指捏住田嬰尾巴。若是動作太大，警覺的田嬰就會立刻驚飛了。秀絃對於掠田嬰的功夫很好，有非常豐富的經驗，因為她沉得住氣，不像有些人就是笨手笨腳。

此時秀絃看到一隻田嬰停在石頭上，正聚精會神準備伸手去抓時，突然聽到母親的吆喝：

「絃仔，妳不知道今天要去上學嗎？還在外面玩！日頭下，掠田嬰，妳會臭頭啦！」

「唉呀！阿娘，好啦！」

該來的總是會來。秀絃無可奈何乖乖地回家換衣服，穿上洗燙好的大襟衫及黑裙，母親快速地給她整齊地梳了兩條辮子。

秀紘哥哥帶著她從家門口馬路直直走，不近不遠的路程，不多久就到了高雄第一公學校，很快辦好入學手續。但其實當時旗後的大馬路也就只有這麼一條，可以一直走到烏松、中洲及最頂頭的紅毛港。

秀紘在七歲時進入的「高雄第一公學校」歷史悠久，前身是設立於一八九七年的「打狗國語傳習所」，一九二一年改成高雄第一公學校，是高雄最早的學校。當時「公學校」專供臺灣人就讀，日本人雖然鼓勵臺灣人就學，但並非全義務教育，授業料（日文，學費）還是要繳交的。

一個在公學校當老師的鄰居，是學校裡少數的臺籍老師之一，就曾經說：

「日本政府真是矛盾，以為這少少學費老百姓不介意，但很多老百姓就是捨不得花這點錢讓孩子去上學。」

日本人子弟則進入較尊貴的「尋常小學校」，簡稱「小學校」。離秀紘家最近的尋常小學校在對岸的哈瑪星，要搭渡輪過去。哈瑪星是新生地，包括湊町、壽町及新濱町，高雄的日本人大多聚居於此，這個區域建築古典華美，街道整齊，店鋪鱗次櫛比，還擁有神社、武德館、市役所等，同時它也是當時縱貫線火車的終點。

當時第一公學校只有一層樓的木造教室、辦公室與廁所，後來聞名的忠孝樓半圓拱門廊教室，是秀絃畢業之後才建的。教室圍著光禿禿的操場，在這個大操場上早晨升旗，師長訓話，然後大家做體操。有些師長喜歡冗長講訓，酷暑烈陽下，身體不好的小朋友可能就昏倒，學校保健室有時會一下子躺了好幾個小朋友。

當時第一公學校校長是留著兩撇鬍子，甚有威嚴的萩本先生，秀絃的導師伊坂先生，他們都是嚴謹的日本人，訓起話來沒完沒了的。

學校裡有幾棵榕樹及鳳凰樹，夏日火紅鳳凰花開得像燃燒的熱焰。校園沒有草坪，旗後也沒有公園，所以年幼學童很難理解課本上〈花見小路〉的歌：

花見小路上，
鮮花已盛開，
我們去看吧，
就在東山裡。

雖然當時日本人統治臺灣多年，但小朋友多來自漁民或工人家庭，懂日語的人不多，大家在家都講臺語。所以上課便從日語五十音開始：

あいうえお、かきくけこ、さしすせそ

公學校上課是臺語與日語並用，逐步增加日語的理解能力。但下課時間，同學們還是講臺語。若要同學平常用日語聊天，那是很彆扭的，寧可不講話。

秀絃母親跟秀絃說：「調皮孩子頭髮不會長長的。妳這兩條辮子就贏單條辮子，更勝沒有辮子的孩子，在學校要把辮子保守好喔！」秀絃點點頭，一整天都很寶貝地小心辮子，有時家裡忙，母親匆匆給她紮個單辮。

同學們大多是清湯掛麵，瀏海齊眉的髮型。有的為了省麻煩，剪髮間隔可拖久一點，甚至剪到耳上一公分，露出白色頭皮，被笑稱「西瓜皮頭」。

秀絃上學穿大襟衫及黑裙，女同學們也都是傳統的大襟衫及黑裙或寬褲，好一點的是裙襬有滾邊或鑲邊。這種二件式服裝叫做「上襦下裙」。同學大部分打赤腳上學，秀絃很幸運有鞋穿。畢業合照時，老師一再交待：

「後天拍畢業合照，你們衣服要整齊，並且一定要穿鞋子。」

結果合照時還是有人沒穿鞋就來，被趕到後排。當時男學生已有制服的規定，並戴白線帽。但女學生則無服儀規定，所以秀絃能夠梳辮子。等到秀絃畢業，學校才開始實施制服制度，女學生穿著海軍式制服，清湯掛麵短髮瀏海。秀紘這個年級畢業的學生共一百五十二人，女生只有三十五人，占不到總人數的四分之一。

由於社會上重男輕女，普遍認為查某囡仔讀書沒用，不需要讀那麼多書。貧窮的家長會想：孩子多一個去上學，勞動力便少一個。加上當時經濟環境普遍不佳，女孩子受教機會更被犧牲。常有生了很多孩子，卻養不起的情況，查某囡仔就分給人家養。有的是賣斷，有的被典當借錢一段期間，所以女孩上學校受教育的不多。

即使女孩有幸就學，出席上課的情況也不穩定，常因協助家務或勞動生產而缺席或輟學。也有些女孩上學到一半突然沒來，可能是被父母分人（臺語，pun-lâng，販賣或典當等方式讓人領養）。通常在七、八歲時，分過來養大一點就可以做工，也就是「查某嫺」，也有分來當養女或是童養媳的。

同學間也會聊這個問題，秀紘感傷的說：

「聽人說幾十圓就可以分一個，我家四姊妹都沒被分出去，也沒有向人家分囡仔來。」

當時高雄最繁榮的旗後，仍有大部分女孩沒有入學受教育，其他農村地區及鄉野山區，女孩上學識字的就更少了。在秀紘入學前一年的一九二六年，臺灣學童就學比例，男生占四十三％，女生占十二．三％，平均二十八．四％[19]。為了提高學校就學率，老師常要登門拜訪家長，鼓吹讓小朋友入學。

一個秀絃鄰居的小女孩，因為家裡貧窮，七歲就到公學校日本老師家揹小孩。這年紀正是囡仔入學年齡，但已是家庭經濟的勞動力了。

⑲ 矢內原忠雄，《帝國主義下之臺灣》，一九八七年，臺北：帕米爾書店。

屬於查某囡仔的裁縫課

當時公學校的課程有國語、算術、科學、修身、體操、唱歌、裁縫及家事課。裁縫及家事課是第三學年才開始，專屬於女生的課程，而且占了很重的分量，幾乎是所有課程的三分之一。

學裁縫除了向家長證明，上學有其實用功能，可以習得一技之長外，同時也能提高查某囡仔的學習興趣，學校可說是透過才藝課招攬她們入學。家長很容易就想到，孩子學得裁縫，可幫家人修補衣服，對家庭經濟有所幫助，而樂意讓小孩上學。

裁縫課首先教導裁縫用具的使用，材料種類及性質。技術上教針線用法、運針及剪裁等。並實習縫製衣褲、枕頭套等，此外還有織毛衣，並教授衣物保存及洗滌方法等。

女同學一拿起針線，感覺忽然瞬間成長了，原來裁縫課才是女同學內心的成年禮。但裁縫課需自備材料，上課時許多同學沒帶材料來，總是零零落落。老師氣急敗壞大罵：

「妳們老是不帶材料來，要怎麼上課？講都講不聽。」

「沒帶材料來的，通通給我站起來。」

沒帶材料的同學低著頭站起來，被老師用藤條重重地打了好幾下。

當時打罵體罰是學校生活的日常，有學生會自備祕方藥酒擦手，以減輕被打的疼痛。如果碰上老師像喪心病狂地抽打，學生經常是痛得嚎啕大哭，不過只是讓老師又打得更重。

其實並不是學生忘記帶，而是材料費很貴，根本買不起。有的窮學生回家連提都不敢提，她們能來學校上課，已屬難能可貴了。

「哎唷！妳縫歪了，拆線重縫！妳們真奇怪，明明有劃線，也會縫歪。」

「唉！剪錯了！這塊布報銷。」

老師逐桌檢查同學的工作進度，似乎狀況百出，於是漸失耐心，破口大罵，但有時其實是老師並沒有講清楚。做壞的同學只有低著頭，噙著眼淚，即使被冤枉，也沒人敢辯解。

基本上秀絃有齊全的工具與材料，單是這點不被老師罵，就不會減損自信心。有些同學被打罵個兩次，心中留下陰影，就一輩子再也不想碰針線了。

秀絃對於裁縫與家事課，都蠻有興趣。

裁縫在當時與婚姻有密切關係，被當成新娘培訓的一環。據說新娘在男方家首先必須面對的課題，就是縫製丈夫的褲子，藉以試探新媳婦的能力。對於名門大戶人家來說，衣服實際上多請師傅縫製，不勞少奶奶的手。但裁縫刺繡手藝仍是女孩子出嫁的基本能力。

日本人做事一板一眼，裁縫課程也制訂要旨，裁縫科的要旨是：「知識技能的習得，興趣的增長，婦德的養成。」

為了米飯努力的春季遠足

學校每年春天都會舉行一次遠足，六個學年一共會有六次，都是當天往返走路可到的景點，有相當的路途，兼具健身與校外教學的效果，是真正的遠足。

「這次的遠足是走路到旗後燈塔。同學們要攜帶便當及水壺，最好也準備水果與點心。便當內記得放一顆紅色酸梅，象徵我們日本日之丸國旗。」

每當老師宣布遠足的消息時，大家的情緒總會立即沸騰起來，心中數著日子，期待遠足的來到。有一次課堂上，老師又提醒大家要帶便當及水壺，他還規範便當的做法，板起面孔來嚴肅地規定：

「菜放在米飯之下，飯鋪得平整，把一顆紅色酸梅擺在米飯上中間，這叫『日之丸國民便當』。提醒對大日本的效忠，吃到便當心中有國旗。」

原來這是上頭交付下來的愛國機會教育，必須每班同時宣布規定。據說日本窮人，難得有白米飯吃，單靠一顆酸梅，也能吃下一碗白米飯。

遠足是全校性的，各年級同時參加，因此遠足是學校也是旗後盛事。遠足前一天晚上的旗後夜市，幾乎所有家長都會帶著孩子出來採購點心，整個旗後好像過年般熱鬧。

秀紘母親給她做了一個日之丸便當，便當按學校交代，恭敬地放了一顆紅色酸梅在飯上。遠足時可以整天和密友在一起，敞開心情聊天。在景區野餐交換吃點心，快樂無比。同學罔市仔興奮地說：「我們家平常吃番薯簽飯，今天阿娘特地給我較多的白米飯。」

最近距離的遠足是到旗後山上的燈塔，這座白色的燈塔，矗立在岬角之巔，周邊建築與圍牆也漆著白色，遠遠看非常地醒目。秀紘平常在港邊，或搭渡輪時，抬頭都會看到燈塔，總會忍不住多望幾眼。

這座設計美觀的純白燈塔，非常具有希臘風格，與周遭的山頭懸崖，藍天白雲及靛藍海水，宛若遙遠國度的異國景觀。從燈塔的角度望到港口，伸出外海的防波堤，就像展臂的雙手，迎接進港的船隻。

秀紘記得有一次遠足是搭渡輪到對面的哈瑪星，哨船頭之側的「壽海水浴場」⑳，同學結隊穿過打狗山隧道到達海水浴場。這裡的黑沙灘平坦寬廣，山下有樹林，隱蔽樹林裡有傳說中的天皇宿舍，其實就是「壽山館」——日本皇族到訪高雄，大多會安排住宿的地方。壽

⑳ 現今高雄市西子灣海水浴場。

海水浴場依山傍海，環境優美，假日來玩水游泳的人很多。

印象比較深刻的一次遠足，是到對面打狗山上的「壽山森林公園」，那裡新建了高雄神社，有寬闊長距的大階梯，山上的「宮之台」可眺望臺灣海峽與高雄港，還有皇太子登山紀念碑的景點。老師特別強調，這是皇太子行啟之點，以增強同學對日本皇室與臺灣關連的意識。

還有一次遠足，走到旗津烏松，那裡有榕樹、木麻黃、黃槿及紅樹林。榕樹的臺灣話叫做「榕仔」，這裡有兩棵百年老榕仔，樹下暗不見天日，樹皮老化烏黑，是旗津最有綠意之地，也因此叫做「烏松」。

烏松外灘也是黑沙灘，同學遠足玩的地方，大部分是空曠沙地，再多的人也容納得下，大家玩沙雕，雙腳泡著海水，拾撿貝殼。其實這也是日治時代「林間學校」、「臨海教育」政策的一環。

「這樣的旅遊活動很簡便，事前總會讓我們興奮期待了好幾天，事後又一輩子忘不了。」秀紘津津樂道回想。

學校的運動會每年一次，有如旗後全城的慶典，全城轟動，吸引全旗後的民眾來圍觀，大家無不興高采烈，好像自己也是運動會的選手。比賽時，學生、家長與民眾都很認真，加油聲震天價響。運動會的八十公尺賽跑、兩人三腳賽跑與拔河，是由全班同學一起參加。而爬桿比賽則是一個班級派出幾個選手來比賽，同學運動會的參與率很高，幾乎每個學生都有機會上場。

學校運動會除了運動與趣味性，還有靜態成果展覽，勞作課與家事課的作品趁機擺出來展示。運動會通常在秋天舉行，一般人會想：秋天不致酷熱，也沒有颱風，是戶外活動的好時機。但其實運動會之所以選在秋天，是因為學校認為夏天是身體增長的時候，不宜多作運動，而秋涼之際，體重增加，適合運動。

當時，學校在教室與宿舍間建了一座二十五公尺長的游泳池。三面環海的旗津人學會游泳，似乎是理所必須。一般國民學校設有游泳池的甚為稀少，這座游泳池顯得彌足珍貴。但令人遺憾的是，後來臺灣光復之後，這座現成的游泳池沒有好好加以利用，最終竟荒廢成為汙水池。

秀紘小學生活尚稱順利，印象特別深刻，至今歷歷在目的卻是一隻小貓咪的故事：有次放學走過一間教室，秀紘看到教室內學生拿著粉筆丟擲窗外的貓仔，一隻很漂亮的黃、紅、黑三色小貓。貓咪尚小不會閃躲，痛得驚嚇啼哭。秀紘趕忙憐惜地把牠救起，抱在懷裡，走著走著才想到，該如何養牠，回家會不會被母親責罵？

路過游泳池旁學校老師宿舍，一位微胖的女老師站在門口，親切地說：「好可愛的貓咪。」

她看來不像一般凶悍的日本老師，也許是老師的眷屬吧，秀絃正在為可憐的貓咪煩惱，於是順口說：「送妳餵！」

老師不加思索便欣然接手，看來她真心憐愛這隻小貓。可是秀絃事後想到這隻可愛的貓仔，又有點後悔，牠絕對是她曾看過最漂亮的貓咪。在那時代要抓一隻貓仔來養，是不容易的。

驪歌輕唱，紫花紛飛

秀絃在高雄第一公學校念了六年，一九三三年春天，正是淡紫色苦楝花開時的三月，秀絃畢業，成為第三十一屆畢業生。學校的女同學大部分一畢業就回家幫忙家事，許多人在家揹孩子、削番薯簽、或是做些養豬、織漁網或剝蠔殼等工作，最少也要燒柴煮飯、清潔屋內，成為家庭的勞動力、經濟生產力的一員。往往無須幾年間，她們就會結婚生子。

當時升學的管道很狹窄，唯有原本只收日本學生的「高雄州立高等女學校」[21]，秀絃仍積極想升學。雖然此時州立高等女學校已開放臺灣人報考，但入學考試為日文，考題以「尋常小學校」的教材為基礎。臺灣人就讀的「公學校」教材是臺灣總督府編纂，程度較低。而日本人的「尋常小學校」的教材與日本國內同軌並進，程度較深。考題有些是尋常小學校才有，而公學校所無，或有些不是我們臺灣人生活文化所知。僧多粥少下，即使日籍學生想升學也很難，對於臺灣人就更難了。

[21] 現今高雄市立高雄女子高級中學。

臺籍學生處於升學競爭不利的情況，高等女學校錄取以日本人為多。秀絃一九三三畢業這年，高雄高等女學校錄取了日本人兩百三十七人，臺灣人才三十一人[22]。

紫色的苦楝花竟是苦澀的美感，秀絃第一年入學考試鎩羽而歸，但因為前一年有兩位學姐重考錄取，給她很大的鼓勵。反正閒著也是閒著，就在家準備第二年重考。

但重考也要透過高雄第一公學校報名，不能個人報名。沒想到第二年校長竟不幫秀絃報名，說只有應屆畢業生才能參加入學考試，這件事讓秀絃憤憤不平。究其原因，就是缺乏有力人士關說。此外自身家庭也非「國語家庭」，彼時雖尚未推動「皇民化運動」，但社會上已有獎勵說「國語」的氣氛。「國語家庭」可享許多優惠，例如小孩較有機會入中學念書。

[22] 許聖迪，〈從哈瑪星到苓雅寮：高雄高等女學校校地變遷與寄宿舍〉，《高雄文獻》，第六卷第三期，二〇一六年十二月。

七

血脈相承的一家人

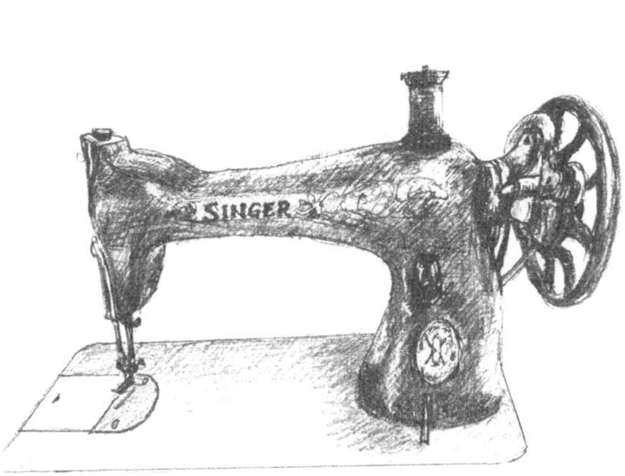

經營手腕高明的父親

秀絃父親善於理財與計算錙銖之利，是個相當靈通又有生意頭腦的人。他做過許多生意，但最早做什麼，秀絃並不知悉。

秀絃有記憶以來父親的第一個生意是賣水果的中盤商。她印象最深的是賣香蕉，家裡有許多大陶缸，運來的青香蕉逐一置放缸內，每缸放一小碗水加上電土㉓，電土碰到水會生熱，利用熱把香蕉催熟。

有天黃昏，她父親從外面回來，宣告說：「我今天割貨（臺語，kuah-huè，批貨）五百斤的旗山香蕉，明天就到。阿雄！你去哈瑪星叫一隻雙槳船押回來，金山！你叫苦力車或牛車在港邊等著，到時一起拉回家。香蕉最怕靠傷（臺語，khò-siong，碰傷、撞傷），小心不要碰到。」

母親立刻交待二姊、三姊：「明天會很忙，妳們要留在家幫忙，不要亂跑。」至於秀絃年紀小，輪不到她參與，只能一旁看熱鬧而已。

㉓ 電土是一種乙炔鈣，灰黑色的塊狀，具大蒜味。電土加水會產生易燃的乙炔氣體，可以點火當電土燈照明，不點火的乙炔氣體可催熟水果。

第二天，舢舨船搖搖晃晃，載著一簍簍香蕉過來，綠皮未熟的香蕉順利運到。男主外，女主內，此時個性緊張的母親是家裡的總指揮，一再交待與叮嚀：

「香蕉串先分割小一點，一小串約十條。」

「大家小心點！把香蕉輕輕放進缸內，只放八分滿，不要靠傷。」

「阿真，每一缸香蕉放好，上面再放一碗水加電土，勿翻倒喔。」

當大家七手八腳忙翻天時，秀絃反而不見父親。原來他騎著腳踏車，出去通知各水果販，香蕉進來了，快來批貨。再兩、三天，販仔就會陸續過來。香蕉不能久放，所以每個禮拜都要去批，很是費時費力。

有次颱風天晚上吃飯時，母親嘆口氣說：

「怎麼辦？我們香蕉還剩很多，夏天香蕉熟得有夠快，加上天熱人們胃口又差，又碰到颱風，香蕉還沒銷出去就已爛掉，賠本又費白工。」

凡事隨意自在的秀絃哥哥接著回應：「要維持客戶，就要給客戶穩定的貨源，我們必須持續進貨，不然客戶就跑掉了。」

秀絃父親也很無奈：

「水果這東西利潤是不錯，但是不耐久放，銷售不順暢時，賺到的是一堆剩貨或爛水果。」

於是母親提議：「再想想有什麼，是利潤高又不會爛的。」

秀絃父親頭腦很會變通，所以家裡生意不純粹「做店」的，也有「做魚」的。冬天時節，他同時也做烏魚子生意，但烏魚子生意是有季節性的。冬至前後烏魚汛時，家裡都會批進好幾大竹籠的生鮮烏魚子。有天他一進門非常興奮地說：

「今年烏魚子行情有夠俗，天氣夠冷，烏魚豐收，我趁機批進了不少。」

秀絃母親也很高興有好生意可做，興致勃勃地說：

「好啊！烏魚子不怕爛，我們準備全家總動員。」

接著帶領著女眷及秀絃，從事後續工作。

「絃仔，妳先把烏魚子口用細繩綁緊，大家用湯匙輕輕刮掉表皮血絲，要小心，不可刮破皮膜。」

這並非粗重的工作，但是須小心翼翼、全神貫注，秀絃不到七歲卻能勝任。不過年末戶外寒氣逼人，冬日清水冷冽如寒冰，凍得她雙手僵硬刺痛，幾乎握不住湯匙。

秀絃父親與哥哥兩人負責在外頭擺上平板架子，這是個粗重工作。然後將烏魚子仔細地鋪在板上，魚子上敷層薄鹽，接受陽光曝晒及自然風吹拂。這樣晒個兩天，稍微乾硬之後，烏魚子上面加片木板，隔兩天再壓塊紅磚，使烏魚子成扁平狀，再拿掉紅磚繼續晒到半乾。

秀紘家晒烏魚子的板架長達五十公尺，從家門口一直擺到天后宮旁。冬日陽光照耀下，烏魚子排得整整齊齊，黃澄澄的一片，極為壯觀。路人露出欣賞又羨慕的眼神，母親一大早便吆喝著：

「紘仔，妳去給我顧好，不要給人偷了。也不要給貓狗來偷吃，要把牠們趕走。」

「阿娘，知道啦！這個我會。」

秀紘是個沒家務的囡仔，常被派來擔任看顧烏魚子的工作，烏魚子價值不菲，必須要防盜、防狗貓。她搬張椅子坐下來，隨著陽光移動，也晒晒暖陽。有時嘴饞，看到被壓爆出來的魚卵，忍不住摘下來吃，敷鹽半乾的烏魚子，秀紘直說：「有夠好吃。」

烏魚汛在一年裡只有冬至前後，那時烏魚很多，牠們從北方洄游經臺灣海峽，寒流來時有時竟也會游進港內。天氣夠冷，魚群會在海面上層群游，肉眼就看得到，容易圍網捕抓。有時海面密密麻麻一片魚群，竹筏若正好划進魚群，烏魚還會自動躍進竹筏，光憑簡陋的竹筏即可豐收。

馬達漁船的漁獲量更大，一艘船卸下的烏魚堆積如山。船主在港墘吆喝著：「趕快啦，趕快去加油再去抓。」

岸邊吵吵鬧鬧的，大家圍在港邊觀看如山的烏魚，無不羨慕興奮。圍觀民眾許多是有經驗的老漁夫，他們七嘴八舌地向年輕人解說：

「烏魚是冷水魚，暖冬不夠冷時，牠們在冰冷的深海洄游，不好抓。寒流來襲，水面夠冷，牠們就在水面洄游。最近有夠冷的，所以烏魚很厚（臺語，kāu，多）。」

「我看這烏魚有六成母的，包準會賺錢啦！」

批發商不分大小、公母成批買下，但真正的價值在母烏魚魚卵，若母魚占得多，就賺到了。

秀絃父親擁有兩艘不大的馬達漁船，自己就是船主，聘請小琉球的海腳仔（臺語，hái-kha-á，漁工）出海作業，每趟出航三、五天。凜冽寒風下，秀絃凍得直發抖，但是他們照樣出海。冬天海上，寒風冷冽又強勁，漁人要在惡海頂著風浪與寒風搏鬥，真是艱苦。

船長有著黝黑的深眼窩，面孔像石頭般有稜有角，冬天出航總是戴著一頂遮耳棉帽，拎著兩瓶泡雞蛋的米酒。據說這種蛋酒最是禦寒，深黃的色澤十分誘人，看似人間美味。

捕回來的漁獲，高級魚賣掉賺錢，雜魚便留著自己吃。這些保留魚通常就擺在岸邊地上，按漁工與船主分成幾份，各自攜回。就地分貨，立即獲得報酬，是最有感的代價。所以秀絃家總有吃不完的漁獲，還可再送給嫁到本地的大姊與三姊，甚至住在附近的姑姑。

秀絃母親留了好吃的赤翅仔與花枝要自家吃，吩咐她：

「絃仔，這兩尾石狗公拿去給妳大姊，兩尾馬頭魚給妳阿姑。」

「好，我馬上去。」

後來秀絃父親做的生意逐漸進入工業品，他用郵購方式，從日本進口船用鋼索。他不知從哪裡找到貨源，匯款過去，東西就寄來了。不過當然要先探聽市場行情，計算成本，有利可圖才做。

於是家裡三合院空地轉而堆積成綑的鋼索，父親按客人要求的長度裁剪，還要做索頭處理。這工作有點技術，此時家裡聘了一位有技術的長工。父親非常得意地對家人說：

「這種有重量的貨物，搬運辛苦，人家喜歡就近採購，不然打狗哈瑪星那裡就有很多大型機械五金店，旗津的客人何必到我們家買？」

原來那時日本的郵購業務已經很發達，從臺灣到北海道、朝鮮、滿洲等很遠的地方，都已有郵購業務。

秀絃父親還經營其他漁具生意，例如漁網、釣鉤、薯榔等。他向紗行批來綿繩，找附近婦女在家編網，再拼接成大網。為增加拉力及延緩腐化，還要泡薯榔汁，漁網遂染成紅褐色。編織漁網是旗津婦女最普遍的技能，也是她們最理想的副業，到處可見幾個婦女坐在樹下編網邊聊天。

此時秀絃家裡已經不做薄利又費工的香蕉生意，秀絃的姊姊都已出嫁，大哥過世，家中人力不足，鋼索與漁網的利潤好多了。農產品究竟敵不過工業產品，況且這些生意不只是買進賣出，還包含製造加工的附加價值，儘管須較多資金成本，但也有更好的利潤。

秀絃父親賺了錢就到高雄草衙、五甲買農地，租給佃農耕作，哥哥定期去收租。旗津漁產豐富，工商業發達，致富的人很多，他們流行到高雄買地。秀絃家有多少田地，她不清楚，這些田地後來怎樣，她也都不知道，估計全被她哥哥賠掉了。

當時秀絃父親聰明靈活、隨機應變做生意，伺機研究創新，這樣的生意技巧即使在今日，也是新穎的。有趣的是，秀絃父親也會一點點醫術。

原來是有位神祕的老中醫師，他是個傳統草藥拳頭師傅，秀絃不清楚他與父親的關係，只知他經常借住家裡。於是父親趁機向他學點醫術，也算是交換住宿吧。父親對醫藥甚有興趣，長時間下來，也學到不少。在以前沒有漢醫學院的時代，中藥方也都是這樣祕傳，能學多少，就看個人造化了。

這位神祕的老師傅，最後留下一本《漢醫祕笈》出走遠方，就再也不來了。在資訊不發達的時代，這本祕笈很是珍貴。家人身體違和不適，秀絃父親都可自行開藥方，到藥房抓藥，儼然是半個醫師。這本被家人視若珍寶的祕笈，連年紀最小的秀紘也知它的存在，可惜後來失蹤，不知所在了。

纏足而不便於行的母親

在秀紘對母親有初始印象時，母親就梳了髮髻，再插上髮笄作為裝飾，額上佩著可束髮並裝飾的眉勒，身穿暗灰色的臺灣傳統大襟衫，上衣直筒寬闊，袖寬而不長，稍寬的褲子，一副老太婆的打扮。其實那時她也不過五十歲，尚屬壯年，但在那個二〇年代，這年紀可能是孫子成群，當阿嬤的人了，自然被視為老人家。一般老人家比較保守，習慣於傳統服裝，也不太會受日本或西洋服裝的影響。

秀紘母親有一把玳瑁梳子，沾上茶仔油梳頭，可以清潔並保養頭髮烏黑亮麗，這是當時普遍的做法。秀紘永遠記得那溫馨的一幕：母親每天幫她紮兩條整齊的辮子上學，一面紮一面說：

「整整齊齊的辮子，人家才知妳是有人照顧的孩子。」

說的也是，一般人家為生活奔波，哪有閒工夫為孩子紮辮子。秀紘滿心歡喜，穿著小碎花傳統衫，紮著兩條油黑的辮子上學，辮子在背後披掛飄蕩著，一副小村姑模樣。

母親的娘家，也就是秀紘外婆家，並不是什麼望族，只是家境還可以。秀紘忘了那是什麼地名，只知是旗後過去，中洲又過去，紅毛港再過去，也是個臨海的地方。秀絃後來查地圖，似乎是大林埔、小港或林園，是鄉下落後的村落，遠不及旗後熱鬧繁榮。外婆家也是個三合院，但附近都是木板屋及茅草屋的漁戶或佃農。

秀絃母親雖然生在這種鄉下地區，竟然還能纏足，纏足使行動不便，參與不了勞動。在農漁村需要勞動人力的時代，只有仕紳或經濟不錯的人家才會纏足。纏足的人腳掌骨頭都變了形，白天要用長條布包紮才能站立行動。

秀絃母親晚年，身體彎不下去拆布洗腳，晚上須坐在床上讓小女兒秀絃幫她洗。秀絃端來熱水臉盆，幫母親拆開纏腳布為她洗腳。

母親常對她說：「絃仔，好佳哉妳不用纏足，真是受苦。妳大姊七歲做囡仔時，就開始綁腳，每天痛得唉唉叫，哭得很厲害，纏足到半途就放了。妳二姊更是綁不住，她就是不願意，而且那時日本人已在街路宣傳，不要綁腳了。」

秀絃慶幸到這個年代不用纏足，殖民政府也規定禁止纏足。由於秀絃排行最小，慈祥的母親對她疼愛有加。當上頭兄姊都成家的時候，能陪母親回娘家的，也只有她了。更因母親纏足，走不了遠路，外出常都需要有人陪。

當時交通不便，真的所謂舟車勞頓，秀絃記得陪母親回外婆家，總是雇條雙槳舢舨去的，船伕划著小木船在高雄港內海潟湖航行。秀紘很開心地偎依在母親身邊，雙槳仔從旗後一直划到紅毛港才會靠船上岸。

港內海面閃爍波光，周圍盡是一些插竹竿的蚵仔埕、蛤仔田以及魚塭仔。但在烏松這一段，布滿陰森濃密的紅樹林。樹幹雜亂地從水面冒出，像魔邪手足，濃濃暗暗的樹葉，看不見盡頭，既神祕又可怕。

每次雙槳仔從旗後到紅毛港，沿著紅樹林海岸前進，秀紘都不敢直視幽暗的樹林，總是抓緊母親的手，把頭轉向左邊。左邊是沙洲中島，有著掛罟、蚵田及稀疏的紅樹林。

「阿娘，我會怕啦！叫船伕划快一點啦。」

為了安撫她，母親把她抱得緊緊的，特地跟她多講些話：

「這個地方，水草多，魚、蝦、蟳仔很厚，妳阿兄常常來這裡抓。妳阿兄愛玩，牽罟仔、放罟仔、拋手網、鐘網仔[24]等等都會。他在這兒抓的紅蟳很大隻，最好吃。」

即便過了許多年，紅樹林蔥蘢的神祕樣貌，仍隱隱約約浮現在秀紘心中。

[24] 鐘網仔亦稱搖鐘網，以兩艘竹筏拖曳漁網的捕魚方式。「搖鐘」有一說是捕魚者會因收網過程施力導致竹筏左右搖晃，故稱之；另一說則是催促捕魚者及時出海，以搖鐘約定，每聞鐘響即準備出海。

到了紅毛港，母女倆還要搭公共汽車才能到外婆家。外婆家那附近並沒有熱鬧的商區，所以沒有可玩可逛的，秀絃整天都不知要做什麼，覺得很無聊。她還是喜歡都市的生活機能，不愛到鄉下的外婆家。也是由於有外婆家對照，秀絃才體會到旗後環境的便利性。

秀絃母親有個弟弟，有時候會來旗後辦事，由於路途遙遠，交通不便，每次總會在秀絃家住上一晚。他到旗後使用的是一種奇特的交通工具——盆舟，其實就是個圓形大木桶，以船槳一左一右地划動，搖搖晃晃地前進，很是緩慢費力。據說日本的佐渡島與新潟也有這種盆舟。除了舅舅這隻盆舟外，秀絃從未見過一樣的「船」。

臺灣光復後，秀絃母親的身體愈來愈差，長期臥病在床。此時她的四個女兒，包括秀絃皆已出嫁，兒子也早成家了。

秀絃婚後曾住在隔鄰，照顧母親的工作自然落在她身上，有時候住附近的大姊也會派小女兒來幫忙。秀絃每天煮藥草，家裡瀰漫著藥草味及心情沉重的氣氛，家人總是惴惴然，心裡無限憂慮，秀絃也變得沉默不語。

秀絃梳理母親耳鬢頭髮時，就想起小時母親曾為她紮辮子去上學，說紮辮子是有人愛的孩子。母親臥床不過年餘，眼神黯淡、體氣漸失，終究撒手人寰。

秀絃在母親過世後，就再也沒去外婆家，始終不知那是什麼地名。舅舅在臺灣光復後也失聯，未曾再見面。十數年間，高雄港烏松那片陰森的紅樹林全被挖除，改建為碼頭與造船廠，連一棵紅樹林也找不到。景物非昔，人事全非，令人感傷。

流連逸樂的兄長

秀絃原本有兩個哥哥，但大哥在十八歲時卻離奇自縊身亡，令家人震驚悲痛不已。秀絃當時年紀尚小，什麼情況也不清楚。直到數十年後，才聽三姊說，大哥是因與朋友打賭激將，弄假成真而亡。在家族事業蒸蒸日上之時，並沒有感情或經濟因素讓他活不下去。年紀輕輕卻因此意外辭世，真是冤枉，原本溫暖的家庭，首次被悲傷所籠罩。

秀絃二哥，她直接喚他阿兄，長得瘦瘦高高，看似一表人才。協助父親做生意，手頭寬裕，卻也使他擁有多彩多姿的生活。他有駕船執照，有時幫朋友駕駛動力小船往來旗後與哈瑪星之間。常駕著船回到旗後，一上岸便立刻往碼頭邊的咖啡店鑽。咖啡店隔壁就是那家旗後最有名，也是高雄第一家藝旦酒家——福聚樓。

只要哥哥在外面深夜不歸，母親就認為他是到咖啡店找女人飲酒作樂，而且深信不疑。總深惡痛絕地罵給秀絃聽：

「那個日本間叫做什麼咖啡店？根本不是賣咖啡或賣茶，是吃料理與喝酒，找女給作陪的，裡面幽幽暗暗，不三不四的地方。」

「看那些女給的衣裝媚態及胭脂香水，就知道不正經。」「女給」是女給仕，也就是女服務生，她們專門陪侍飲食喝酒。咖啡店外還有霓虹燈，晚上一閃一亮，好像眨著眼，引誘人家進去。

哥哥也會跟朋友到港內篙排仔，捕饒仔魚的小魚或赤尾青的小蝦，戱蟳仔更是他的拿手好戲，常拎回幾隻大紅蟳。他晚上有時會到外海捉「魚栽」，那是虱目魚苗或鰻魚苗，儘管是不到一公分長透明的小魚身，只看得到兩點黑眼睛，同時要用白碗才看得到，卻是價錢昂貴，一隻一隻算錢。不過別人是在謀生，他只是好玩。

母親常常交代他們不要去玩水，因為溺水事件時有所聞。但秀絃哥哥常常偷偷地跑到外海灘玩水，玩到學會游泳，這樣也好，多了一個技能。秀絃是聽話的女孩，也沒有這膽量去試，就始終不會游泳。

秀絃哥哥二十出頭時，父母就給他作媒娶妻，成家後仍住在老家。由於他做生意常去澎湖，竟在那結交了小三。秀絃的嫂子是個脾氣剛烈的人，為了小三的事經常在家中大吵大鬧，對婆婆也不客氣，秀絃母親還曾在角落默默飲泣。所以嫂子跟丈夫吵也和婆婆吵，家裡變得烏煙瘴氣。

有時秀絃真怕嫂子推打她那纏足站立不穩的母親，可憐秀絃溫柔的母親，一輩子和樂幸福，卻因兒子與媳婦的事，一切都變調了。

此時秀絃哥哥的兩個孩子已上平和公學校，有天傍晚，天都快黑了，兩個小子還沒回來，正當大家在著急時，卻發現嫂子也不見了。

這時秀絃母親展現了總管的能力，吩咐秀絃與三姊到鄰居左右探尋：「金仔、絃仔，妳們兩人分頭去厝邊頭尾一家一家問，即使沒在裡面玩，也可能有人看到去哪裡了。」

同時催促哥哥去學校查訪：

「你還不趕快到學校看看，不要被壞人抓去賣了。」

那年頭抓囡仔賣的事件時有所聞，更何況兩個可愛的男孩。過了兩個多小時，問遍厝邊頭尾都沒人看到。這個時候天都暗了，秀絃哥哥如敗陣下來的鬥雞從學校回來，氣急敗壞地說：

「糟了糟了，孩子他母仔趁下課時間，去學校把他們接走了。」

原來是母子離家出走。過了一段時間，才打聽到她在高雄市區的日本人家中當傭人。這是很低階的工作，那時代雖有職業婦女，但求職機會很有限，能做的也只有去當藝旦、女事務員、接線生、店員或女傭了，坐辦公室的工作極少。而且秀絃嫂子年紀大，學歷低，上不了檯面，只能去當女傭。

很多臺灣人不喜歡日本人，因為日本警察很凶，臺灣人常被刑罰責打。要當女僕，寧可去臺灣有錢人家當，而不願到日本人家做。秀絃嫂子寧可被日本人使喚，做低微的工作以自力更生，也不願接受丈夫有外遇。當然他們的姻緣也就此結束，哥哥順勢把澎湖小三娶進門，因為她是客家人，家人背後都叫她客嫂。不過家裡氣氛變好了，客嫂勤奮又節儉，與家人相安無事。

秀絃哥哥跟著父親做生意原本好好的，他看久後以為容易，竟想自立門戶。父親拗不過他，只得拿錢支援他去做買賣。但生意等到秀絃哥哥自己來做，就不是那麼順利，沒多久就虧光了，便再回來向父親要錢。

秀絃父親頓足嘆氣說：「這個沒路用的腳肖，財產會被他輸光。」

秀絃哥哥的事業似乎沒有成功過，家裡的經濟被他這樣一拖累，只好逐一變賣房地產。秀絃二十六歲結婚時，父母親已年邁，家中一切由哥哥掌管，他竟不給秀絃任何嫁妝。說：

「給妳去日本讀書已花了一筆錢。」

「我去日本花的錢再怎麼也比不上你花天酒地的錢。」

秀絃氣得從此不跟他講話，但跟客嫂卻一直有來往。

那時高雄正大肆發展，許多外地人到旗津謀生，擔任夥計或打工，幾經歷練而發達的人不少。秀絃哥哥是本地人，又有資金、人和與地利，卻一敗塗地。可能是個性愛玩，處事不夠嚴謹，又或是所謂一命二運三風水吧。

秀絃父親過世後，家裡財產全由哥哥繼承，不過原本偌大的家產，這時只剩下一小爿店面了。

家境清貧的姑姑

或許可以從秀絃的姑姑的居住環境，想像父祖輩的生活。秀絃父親有個出嫁的妹妹，也住旗後，就在離她家不遠的澎湖街。由街名可知，這裡住的大多是澎湖人，她丈夫想必是澎湖人。

澎湖街是個擁擠的社區，談不上是街，而是條三十米長兩米寬的巷弄，兩旁是狹窄相連的木板屋，標準的日本江戶「裡長屋」㉕的規格，裡長屋通常隔成好幾戶，間隔只是一面薄壁板，每一戶都是大通鋪的榻榻米房，白天是客餐廳，夜晚變臥室，共用的衛浴在屋外。巷弄兩側屋頂相互延伸，幾乎成了不見天日的巷道。巷內密不通風，屋內更是陰翳，為了省電，家家點的盡是昏黃的小瓦數燈泡。

白天澎湖街的主婦如果想做家事，就坐在門口工作，儘量在巷口取光，家戶相望，也好聊天。煮飯作菜的黃昏，婦女們便都在門口揀菜洗菜。炊煙自煙囪及壁縫間緩緩升起，柴燒

㉕ 日本江戶時代房東建造供租的長形屋，長屋隔成六間，每間三至五坪。

飯的香氣瀰漫在空氣之間。在這大家固定相聚的時光，誰要是沒出現，馬上就會引人關注。

在夏天，澎湖街密不通風又無電扇，甚為燠熱。為了一點點的通風透氣，大家門戶幾乎不關。踏入這條巷弄，感覺好像走進別人家裡，很是拘束。尤其夜晚走進來，望進屋內，男人們個個打著赤膊揮扇，只著件小內褲，汗水直流，體味汗臭隱約可聞。

暑氣在深夜裡會褪去些許，因此晚上也有人乾脆搬條長板凳，在屋外樹下睡覺。第二天早晨，他們滿頭大汗地醒來，只好再沖一次澡。

像澎湖街這樣的環境，房租自然便宜，住的都是剛從澎湖到旗津來討生活的人，或是經濟條件較差的人家，秀紘的姑姑就住在這裡。

秀紘父親很清楚妹妹的家境，總叫秀紘帶些食物給她們，例如家裡販售的水果、烏魚子，或是漁船捕獲的鮮魚，有時甚至還會帶一點錢過去。秀紘記得有回過年，父親叫她拿二十塊銀圓給姑姑，那大約是當時上班族半個月的薪水。

姑姑有個孩子，也就是秀紘的表弟，當時還在念小學，每次看到她拿東西來，總是靦腆咧嘴微微笑著，一副憨厚的表情，臉頰露出酒窩的可愛笑臉，應是個樂觀的孩子，小學一畢業就出外做工了。

然而姑姑似乎沒有那麼開朗，總是難為情地接下禮物，感謝又感謝，似乎沒什麼話好講，也不便請秀絃進去坐。人生的記憶很奇特，來往頻繁或重大事件很多，都可能逐漸失去記憶。秀絃卻獨獨不忘姑姑家中小事，連她自己都覺得不可思議。

秀絃與姑姑家的互動僅止於此，只有送東西去才有見面，未曾看見姑姑與姑丈到她家來。大概是因為經濟拮据，人窮莫走親，為了面子，總是低調隱蔽，不想寒酸見人。

然而她們這樣微弱的連繫，在戰爭空襲疏散之後，也就中斷了。即使秀絃婚後幾年住在澎湖街旁，卻再也沒見到姑姑一家人，想必是搬家，有酒窩的微笑孩子也不知去向，從此永遠的失散了。

日式居酒屋與鄰人

秀絃家隔壁是日式食堂居酒屋，但他們都稱之為「酒家」。大門垂下靛藍布簾，門口擺著幾罈塗白的陶缸清酒，典型日本酒家的象徵。老闆是九州來的日本人，他常穿著藍染和服，底下純白的法蘭絨襯衫，日式寬褲。走路時把手攏在袖子裡，故做瀟灑，但其實看起來有點流氓樣。

店內隱約可聽到傳來留聲機的歌聲，最常聽到竹久夢二的〈宵待草〉：

待てど　暮らせど　来ぬ人を（日復一日等待，等待一個不來的人）
宵待草の　やるせなさ（宵待草的鬱悶情懷）
今宵（こよい）は　月も　出ぬそうな（聽說，今宵月兒又不露臉了）

——〈宵待草〉竹久夢二／詞，多忠亮／曲

又常聽到「古倫美亞」唱片由純純所唱，當年最新歌曲〈雨夜花〉：

雨夜花雨夜花
受風雨吹落地

——〈雨夜花〉周添旺／詞，鄧雨賢／曲

還有婉轉哀怨的〈望春風〉：

獨夜無伴守燈下
清風對面吹

——〈望春風〉李臨秋／詞，鄧雨賢／曲

這些歌曲大部分是漂泊流浪、苦情相思的哀怨曲調，與時代環境有關，以歌聲來訴說心聲。旗後有許多外地來謀生的人，大多是造船廠工人、討海的海腳仔或船員，他們家鄉遠在琉球群島、小琉球、澎湖等外島或山地。那時代常有養子養女，因原生家庭經濟問題而出養。所以隔壁居酒屋也反映了時代感傷，相當能引起這些失意人的共鳴。

這間酒家的房東是臺北人，後來要遷回臺北，秀絃父親就把酒家房地產收購下來，使連接的土地擴大，又續租給經營酒家的日本人房客，於是當起酒家的房東。

秀絃哥哥負責收房租，但他卻總是叫秀絃去收。秀絃通常在白天酒家尚未營業時去，總見房客日本夫妻跪坐在榻榻米上喝茶，狀似悠閒地聊天，也許是談談家鄉事，也可能正討論著酒家的生意。

秀絃輕聲地說：

「旦那さん（日文，老闆。亦有顧客、老爺、施主等意，現今多指丈夫），你們好，不好意思打擾了，あに（日文，家兄）叫我來收房租啦！」

日本房客見到秀絃總是說：

「知道了，我隔天會把房租送去給妳兄さん。」

「好，謝謝！我告退了。」

這真是一個可笑的收租流程，其實秀絃從來沒有收到過現金，她只是去打聲招呼，然後哥哥拿到租金，好像大家都很滿意這樣禮貌式的流程。其實哥哥去打招呼，順便直接拿就好了。

秀絃父親的全盛時期，左右兩旁房子都是秀絃他們家的。左邊租給學校的一位老師，他全力栽培孩子求學，設法讓孩子進日本人就讀的尋常小學校。之後到朝鮮的醫學院學醫，回來後在這房子開了診所。後來不知什麼時候，這診所房產已賣給他們了。經過了數十年歲月，醫生也退休了，這家診所結束營業，但他們仍繼續保有這處房產。

時至今日，旗後變為旅遊勝地，熱鬧更勝往昔，但秀絃家人在此已經沒有半點房產，族人也陸續都離開了旗後。

八

秀絃結婚了！

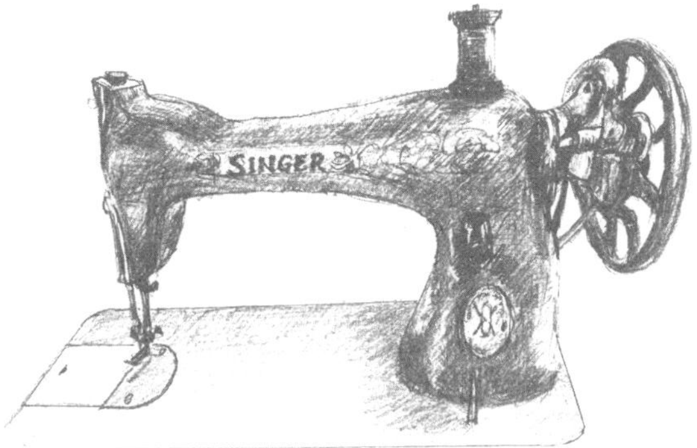

一場毫無預警的沙灘相親

凡事上天自有安排，秀絃沒考上高雄的高等女學校，而得以到日本留學，完成日本洋裁學校的學業，可謂因禍得福。異國不同的生活體驗，以及增廣見聞，是秀絃一生中最有意義的收穫。

秀絃在戰爭風雨飄搖間及時趕回臺灣，又經歷了空襲疏散的驚險日子，父親在廢墟中重建家園，但家族財產在戰爭中已損失慘重，讓他們元氣大傷。

一日午後，微風輕悠悠地吹拂屋前榕樹，附近的一位大姐姐路過家門口。其實她大秀絃好幾歲，應該可以叫阿姨了。一副似不經意的表情，隨意行進著，但她竟忽然轉到秀絃面前，寒暄幾句話後，大姐姐眼睛一亮，以熱情的口吻說：

「我們到外海邊沙灘走走，今天的天氣，海邊最為涼爽，適合去吹個海風。」

「好啊！去走走也好，我好久沒有去外海灘了。」

秀絃故作輕鬆與熱情狀。其實秀絃和她不是很熟，但也不便拒絕，秀絃總會順應人情，不給人難堪。

這位大姐姐家在秀紘家後頭，是少數兩層樓洋房，光復後新建的現代風格。院子裡養了幾隻活潑的兔子，可愛的寵物，讓人感覺這家人的親切，人們路過時，常會探進院子瞄兔子幾眼，甚有趣味。

秀紘與這位大姐姐散著步，在清涼海風吹拂下，看著夕陽薄暮沙灘上拉起的長長人影。沒多久，閃耀金色光芒的海面，隨著日落逐漸變成銀輝色。她們聊著家庭狀況與日本求學生活，其實較多是大姐姐在講，她很能引導話題，可謂相談甚歡。此時此景，有山有雲有海有月，讓秀紘想起了日本茶室床之間上的茶掛「話盡山雲海月情」。

直到大海變成黑沙灘般地晦暗，她們才互道晚安。

這之後的第三天，這位大姐姐竟然來為她的弟弟提親，原來前天是個沙灘相親。她弟弟躲在一旁偷看良久，對於秀紘的相貌經歷，甚為滿意。秀紘很懊惱被人家偷看了，她竟一點也沒察覺。

這位大姐姐的弟弟叫吾洲，也是旗津人，念過高雄第一公學校，算是秀紘的學長，後來隨父親回唐山升學，現在在臺北市女中教書。家世清白又有那麼好的職業，將來生活一定穩定，秀紘心裡這麼想著。

「半生在唐山生活的人不就是人家說的『半山仔』嗎？」母親終於搞清楚吾洲身分。

但他又像那麼熟悉的鄰居，都有共同的朋友，媒人又是可靠的隔壁人，所以秀絃父母一口答應。

在當時那個早婚的年代，他們兩人結婚之時，秀絃二十六歲，吾洲已經三十二歲，以年紀來說，都算很大了。秀絃向外甥女透露心意說：

「因為公婆都不在，不必做人家媳婦。我本來就很怕三姊那種『古早媳婦』的婚姻生活。三姊很可憐，嫁去一個大家庭，每天有三頓飯要準備，連小叔、小姑的衣服也要洗，常抱著一大堆衣服哭哭啼啼回娘家，求我幫忙。」

秀絃結婚時，兩方都不計較沒有聘金與嫁妝，其實當時市面上也沒金子可買，戰爭時早被日本人搜刮殆盡了。在一切克難下，婚禮從簡，連結婚照也沒拍。

新婚燕爾，遷居臺北

秀絃與吾洲在高雄渡完暑假，立即北上住進臺北市女中宿舍，暫時先安定下來。吾洲對太太秀絃很好，不太會干涉她，薪水全交給她安排。宿舍雖然不大，但有客廳與房間，秀絃終於擁有自己的生活空間。

當中學教師要注重形象，冬天要穿西裝。可是吾洲竟然不會打領帶，每次都要由妻子幫他繫。秀絃之所以會繫領帶，是在日本洋裁學校所學。當時學校課程，就是考慮女性將來走入家庭，成為賢內助角色所須具備的能力，日本女人幫丈夫繫領帶是認知上的職責。而吾洲也很享受妻子協助繫領帶的照顧，因此一輩子都沒學會該如何繫領帶。

當時街上不少等待遣返歸國的日本人，由於允許攜帶回國的行李有限，只好在路旁擺攤廉售家當，吾洲經常上街尋寶，買回許多書，插滿櫃子，成為一座書牆。一些教授級或高階職業的日本人有許多藏書，吾洲乘機選購不少思想、哲學和圖鑑類的精裝書，還曾花了一個月的薪水買下一座栩栩如生的木雕群牛，可惜不知是哪位名家所刻。

吾洲本省、外省籍的朋友，大都是老師或藝文人士。在戰爭剛結束，社會有待穩定的時代，有份固定收入的職業是很重要的，可安頓下來生養育子，過著平凡的家庭生活。

吾洲曾經想引薦秀紘進中學教家政課，但因她並不擅於上臺教課，而且不久就懷了第一個兒子，實在不想增加身心負擔而作罷。

這時期吾洲趁著記憶猶新，畫了不少大陸抗戰與生活的草稿，常用秀紘以及剛出生的大兒子當模特兒。

秀紘三姊全家在那個時候搬到三重，住在淡水河畔的臺北鐵橋邊，成了秀紘在臺北唯一的親戚，夫妻倆自然常去她家。儘管從臺北到三重舟車勞頓，轉車甚為麻煩。

「車子等那麼久，走路都到了，我們乾脆直接走路過去吧！」

吾洲提議走路去三重，對他來說，這是小意思。他在中國大陸打仗時，行軍一整天是常有的事。

「好啊！我們用走的，孩子輪流揹。」秀紘也不反對走路。

「吾洲，你走慢一點啦，你怎麼走那麼快？」秀紘在後面追趕。

吾洲偷笑，沒人知道他在大陸打過游擊，整天必須連走帶跑。

「紘仔，妳也很會走路。好像不曾看過妳感冒，身體健康得很。」

秀紘與吾洲揹著大兒子走上兩個小時，那麼遠的距離，事後想起，兩人都覺得真是不可思議。也許那時年輕，路上汽車不多，空氣還好，所以不覺得累。無論如何，他們都很擅長走遠路。

約兩年餘，因家庭因素，夫妻遷回高雄，另就他職。

吾洲回高雄找了份工作，但是薪水實在太低了，所以他努力兼職賺錢。充分發揮他美術的才藝，為人畫黑白肖像畫，客人只要提供先人的大頭照，他即可用炭粉畫出放大的全身畫像，而且永不褪色。

此外，吾洲也為人畫海報、教材、廣告設計、地圖、黑白相片上彩等等，甚至努力參加徵圖比賽，以獲得入選獎金。在自己才藝範圍內，所有能賺錢的機會他都做。

吾洲的硬筆字極為俊秀，在沒有電腦的時代，一些大型報表的字都是人工手寫，他的仿宋體字幾乎就跟印刷的一模一樣。

然而，即使是辛苦錢也不是完全順利的。秀絃哥哥那兩個當海蟑螂的兒子，在介紹畫了兩幅洋人人像油畫後，就屢催不到錢，估計被這兩個外甥吞掉了，不過這樣也好，這兩個外甥不再出現也少麻煩。但更過分讓人氣憤的是，某公家機關的案子也收不到錢，催了好些年，吾洲都當阿公了，他還曾帶著一家祖孫三代人去那機關索債，但那位所長總是說預算沒下來，最後也被坑掉倒帳。

吾洲博學多聞愛看書，可說整天都在閱讀，家裡藏書極多，住在旗後那種簡陋房屋，竟有整面藏書牆。

當秀紘清潔打掃家裡時，吾洲起初也會幫忙整理，不過總會讓他無意發現一本什麼書。翻一翻，只要他有興趣，便看得津津有味，愛不釋手，即使秀紘在旁邊忙得不可開交，氣呼呼地說：

「吼！又迷下去了！每次攏是這樣！」

吾洲還是充耳不聞，繼續安靜專注地看他的書。

除了看書之外，吾洲的另一個興趣是作畫，在退休之後，他更是夜以繼日地創作，而且是大幅油畫與水彩。有時他會寫些美術類評論，發表在藝術雜誌上。即使後來中風，他仍然提筆掙扎著，嘗試在畫布上作畫，直到完全無法提筆。儘管如此，他仍是整日看書，不浪費絲毫的時光。

無法抹滅的戰時記憶

吾洲年幼喪母，由大九歲的姊姊撫養，念高雄第一公學校時，因聰穎好學，深得日籍老師喜愛。老師看他失恃無依，遂將他接去宿舍照料生活，當成自己小孩扶養。因為與日本人朝夕相處，吾洲學得一口流利日語，也能優雅地使用日文書寫。

吾洲的父親為私塾先生，開館教授漢文，但一九一九年日本總督頒布了教育令，漢文書房被箝制。吾洲公學校畢業之後，父親帶他返回福建泉州祖厝。因吾洲從小對美術有興趣，便進入廈門美專就讀。之後在泉州的學校教書，閒暇時便畫圖創作。

當時正值民國初年，政治不安，社會不靖。中國鄉下生活貧困，盜匪橫行。有次夜晚匪徒竟然提了一顆血淋淋的人心，闖入學校宿舍，並拿起吾洲的毛巾來擦拭，再拿鍋子烹煮，嚇得他在一旁發抖。幸好匪徒飽餐一頓後就走。山間鄉下，土匪抓走小孩販賣或綁架勒索，時有所聞，這種環境實在是在臺灣旗後生活過的吾洲所無法想像的。

抗戰軍興，當地泉州人士相繼組織抗日團體。滿腔熱血的吾洲並沒有回臺灣避難，而是立即參加當地愛國活動。他們聯合幾個學校的師生，舉行示威遊行，沿途高唱抗日歌曲，高喊抗日口號。這些人都是學校的知識分子，自動自發組成，努力喚醒民眾的愛國意識，激發抗日熱情。

吾洲和他們一起製作文宣海報，遊行募捐，舉辦演講與戲劇巡迴表演。當時以他的專長，畫了許多抗日海報與宣傳品，號召有志之士參加抗日救亡行動。

他們攜帶道具冒著風雨，頂著炎日奔赴全縣各地演出，每到一個村莊，顧不得路途勞累，行李一放，就布置場地，張掛畫報、標語，散發傳單。一行人敲鑼打鼓，招呼群眾，教唱抗日歌曲，進行宣傳，喚起民眾參加抗日，呼籲大家抵制並燒燬日貨。

當時也有很多學生，只顧埋頭讀書，不理國家興亡。另有些文盲者不知時事，仍然哼著〈秋水伊人〉、〈何日君再來〉等歌曲，不知國之將亡。即使泉州及福建各城鎮經常有日機轟炸，造成許多傷亡。

一九四一年，金廈淪陷後，福建沿海隨時可能被攻占。於是他們進一步組織抗日游擊隊，展開轟轟烈烈的戰鬥。日軍奪取福州，吾洲加入為阻止日軍從福州侵犯閩北、串連浙贛的游擊隊，積極地展開反掃蕩的伏擊戰，阻擋日軍主力部隊的前進。

吾洲跟著游擊隊經常躲在玉米田襲擊日軍小隊伍或巡邏隊，由於沒有火力強大的槍彈武器，只能打帶跑阻滯日軍前進。在與日軍的游擊戰中，他學會了騎馬、射擊與爆破。但是吾洲最出色的才能，就是在戰地偷接日軍的電話線，由精通日語的吾洲偷聽獲取情報，或反間計地回話，讓日軍踏進陷阱。

幾次，游擊隊團團圍住一個日軍碉堡，為免增加傷亡，便由吾洲出面以日語在陣前喊話招降，得到很好的效果。吾洲的勇敢與日語能力受到大家的讚揚。但這是冒著生命的危險。就曾有一個日軍俘虜，為感謝中國人的善待，願意出面招降，結果在碉堡前喊不到三句話，就被碉堡內射出的一顆子彈打死，大家看傻了眼，吾洲想到這一幕就直冒冷汗。因為吾洲日語講得好，很多人還誤以為他母親是日本人。

慘遭日軍俘虜，命在旦夕

有次吾洲隨著師生百餘人在半夜撤退，被掃蕩的日軍包圍，犧牲三十餘人，這是最為慘痛的一次行動，幸好吾洲脫險。

又有一次，經過整夜突擊行動，受到日軍瘋狂掃射。在撤退中，游擊隊一下就被打散。他們幾個人跑了一晚上，在一個漁村角落暫歇，由於過分疲倦，立即睡著。待翌日烈日升起，陽光刺眼，他們才大驚不妙，但這時游擊部隊早已不知去向，村子百姓也疏散無影，他們脫隊了。

不久，一陣吵雜凶悍的人聲響起，上了刺刀的日軍搜索隊前來搜索，吾洲趕緊躲進一艘小船的帆布底下，但沒多久，還是被搜了出來。

有幾個跳進河裡逃生的同伴，在日軍對著河裡不斷地掃射之下，大多當場被射殺於水中，負傷的也都難逃一死，日軍向來不留傷俘。

吾洲被俘虜到日軍師團，充滿軍車馬達聲、戰馬嘶叫聲，刺刀在陽光下閃閃發光。他被吊起來拷打，逼問游擊隊下落，在他身旁已躺著幾具屍體，此時他的安危就在旦夕之間。日軍拿著一本綠色小小的《標準支那語會話》，照腳本像野獸般地凶狠吼叫，卻又結結巴巴以華語訊問：

「我問你！」

「若你不肯說實話，要把你的命要了！」

「這邊有多少游擊隊？」

吾洲靈機一動，以日語直接回答：

「知りません。ゲリラじゃないです。（日文，我不知道，我不是游擊隊的。）」

周圍的日軍都很驚訝，這人怎能講那麼流利的日語，紛紛圍過來。

日軍：「你叫什麼名字，哪裡人？」

「我叫吾洲，是臺灣人。」

日軍：「幹什麼的？」

「我是來念書的，在廈門美專學美術。」

日軍狐疑地說：「你是支那軍裝扮成的學生，來偵察我們皇軍軍情？」

日軍急促用力地吼著：「快招認，不然槍斃你！」

「當然不是，我臺灣公學校的老師是佐藤先生，你們可以去問他。」

有一個日軍說：「搜身看看帶什麼！對了，檢查手臂上的牛痘。」一個軍曹過來拉開吾洲的左手臂衣袖，露出牛痘接種痕跡，明顯劃割四刀。當時日本的牛痘接種是劃割四刀，有別於中國人只有兩刀，這就是日軍辨別中國人與日本人的方法。

一個日軍大曹想到說：「給我畫個素描肖像，證明你是美術生。」於是日軍大曹坐在前面，吾洲十分鐘內，便畫好他的素描肖像。

「畫得不錯嘛，太像了，是名家肉筆畫，也給我畫一張，我要寄給家內（日文，謙稱自己的妻子，現今較少使用）。」旁邊的日軍讚賞說。

日軍們把畫速寫肖像當成娛樂，似乎樂此不疲，於是吾洲留在日營，幫隊長及軍士官們畫肖像，每個人都想要一幅。此外又兼當通譯，暫時免除了一死。

就這樣，吾洲隨著日軍到處掃蕩行軍，隨時察顏觀色伺機逃亡。在日營裡，發現竟混有一些偽軍與漢奸。偽軍就是依附日軍的汪精衛漢奸部隊，是日軍的爪牙與走狗。一個月後行進到閩北境內，這時吾洲已取得日軍信任。

他知道若要逃走，最重要的是拿到地圖，雖然這只是普通地圖，不是作戰布置圖，但已足以逃亡自救。逃出營的話，若在平原地帶，雖然容易逃跑，但附近都是田園村落，有可能是日軍或偽軍控制區，容易被發現，逃入山上才安全。閩北多山，如能抓準時機逃進樹林，就不易被搜到，只是也容易迷途。而在山裡不只會餓死，也容易凍死，所以不能躁進，必須確切知道方向。

捨命大逃亡

一個下著滂沱大雨的晚上，吾洲偷取到一張地圖及通行路條，冒死逃出日營，跑進深山小徑。崎嶇的山路，荊棘叢生，天暗路滑，一路上不知跌了多少跤。他跑了好久，隱蔽在山林二天二夜，這時候吃的東西也沒了，飢寒交迫下，他翻山越嶺找尋出路。

連走了二天，一路上斷垣殘壁，烽火餘燼，有些村落已成廢墟，十室九空。民眾在空襲下，不知何時日軍會進犯，紛紛疏散到更偏僻的深山。

逃亡路上不僅要躲日軍，也要避偽軍、防土匪，還有亂闖的散兵游勇。這各路人馬都是危險的，被俘不是死就是抓去當兵。城鎮裡面都是某方勢力範圍，吾洲不敢隨便進入，只敢進入小村莊，逢人乞求一點吃食。

吾洲一路上常碰到流亡的難民，他們攜家帶眷，扶老攜幼，壯年背著老人家，病患躺在門板上。難民牽著牛羊，人力車上的籠子擠滿雞鴨，又綁著鍋鏟亂七雜八的東西，緩慢向西步行前進。大家默默無言，臉色陰翳。最怵目驚心的是，路旁餓殍暴屍，慘不忍睹。

有的鄉野房舍，尚有些老幼婦孺，有時可要點食物。在情況最艱難的時候，他甚至從路上挑新鮮的牛馬糞，從中撿取未消化的玉米，用山溝水清洗後食用。渴了，就用雙手掏點山溝水喝。那時長期吃粗糙野菜，缺乏油脂，經常便祕。吾洲經歷這段不堪回首的艱苦日子，怪不得日後子女拿玉米給他時，他總說：

「現在看到玉米就噁，我絕對不吃，要吃你們自己吃。」

當年在逃難中，吾洲穿破了幾雙撿來的鞋，讓他萌生出了好笑的念頭：

「將來回到文明世界，我能夠坐車時就搭車，不能為省車錢而走路，走路傷鞋不划算。」

吾洲輾轉透過走路、搭便車和火車等方式，好不容易返回游擊隊同伴身邊。雖然重新獲得自由，但已恍如隔世。

抗戰迎來勝利

對日抗戰勝利，臺灣光復。臺灣友人邀請吾洲到臺北市的一所中學教書。人在上海的吾洲，必須立即決定回泉州老家或赴臺灣任教，機會寶貴，不容延誤。最後吾洲決定，立即經由上海赴臺灣，先取得中學教員一職，日後再找機會回泉州探視父親。吾洲在臺灣有兄姊照料，又有同學與朋友，生活是自在的，但他沒想到這一去，從此與父親陰陽兩隔。

自從參加游擊隊離家，被俘以至輾轉到臺灣，時間匆促，時局不靖，吾洲一直沒機會回泉州探視。後來父親收了一個養女，晚年依賴她照顧，臨終前念念不忘離家八年的么兒吾洲。

生活在苦難時代，體驗著歷史悲哀，吾洲本質是個藝術家，也是一介書生，充滿悲天憫人胸懷，卻得拿起槍來在戰場出生入死，這是個人悲劇，也是劇變時代下的無奈命運。從此，他變成一個沉默寡言的人，即使擁有那麼豐富的事蹟，卻很少講述以前的故事。

不過不堪回首的過往，並沒有讓吾洲灰心喪志，因為緊接而來的一家子生活，讓他無法停下來喘息，他純粹的藝術理想轉為實用的美工設計。看書與繪畫是他生活的寄託，藝術原本就是能讓人埋頭致力的殿堂，悠遊在文學藝術裡，使他忘懷所遭遇的痛苦。看著孩子不斷地成長，也使他充滿欣慰。

吾洲的創作，充滿蒼茫坎坷之感。他繪畫大多以窮人與受難者為題材，力度堅韌深沉，感傷而陰暗。這不是討喜、迎合市場的作品，但真切地表達了對於痛苦卑微人物的關懷，他是一個和平的理想主義者。

九

展開裁縫新生活

從零開始租地與建屋

在吾洲失去了臺北的教職，吾洲與秀絃這對年輕夫妻回到高雄老家旗後，在秀絃娘家附近的永安里租了一塊地，雇人興建了一棟堪可蔽風遮雨的簡陋房屋。

這是本地農村常見的編竹夾泥屋及日式黑瓦，用粗麻竹當屋柱，黏土壁中間以交錯的竹片當補強筋，如鋼筋之功能；在竹片架塗以黃黏土層混稻草，如水泥之功能，黃黏土外再刷上白灰泥粉飾，屋頂覆以日式黑瓦。屋內沒有天花板，所以在家抬頭可見瓦縫隙透進的陽光。這間厝沒有隔間，沒有衛浴，間僅有一扇門及一片窗，唯一的窗戶有時被牽牛花纏繞，是難得的綠意，吾洲捨不得清除，但隨之而來的蟲蟻令人煩惱。

秀絃很懷疑這陋屋能撐多久？「這房子牢靠嗎？怎麼不建堅固一點的？」

「便宜啊，土地又不是自己的。唐山鄉下很多這種房子，是夠遮風避雨的。」

對吾洲來說，他能隨遇而安，再差的物質條件都可以忍受。他只是沒說在唐山抗日時，野外的山林、露天的石板、稻草堆都睡過；但秀絃哪曾有受苦的經驗。

接著數年間，老二、老三及老四陸續出生，已經有四個小孩了。一張大通鋪占了厝內一半，全家六口就睡在這張通鋪上。

白灰泥的牆壁，吾洲貼著幾張名畫月曆紙，記得一幅是梵谷的〈秋日麥田收割〉。此外最顯著的是一幅水墨畫縱軸，可能是他在遣返日人地攤上買的。秀絃每天看著，看了幾年，但後來搬家，記憶漸次模糊，想不起畫的是什麼了。

這塊建地有一半是圍繞著竹籬笆的院子，是煮飯與洗澡、洗衣之處。角落種了一欉香蕉，忘了從何處移植而來，但品種似乎不佳，開花後結的香蕉小小的，像石頭般堅硬。秀絃一家人站在香蕉樹前，望著拇指大的香蕉串，七嘴八舌地說：

「這是什麼品種，怎麼不會結蕉呢？好可惜。」

「也許沒有施肥，就施點肥吧，看明年會不會有香蕉。」

「也許長得太密集，人家每株都有距離，我們的硬是一大欉擠在一起。」

秀絃最後建議留下兩株就好了，多餘的清掉，期待來年會長出香蕉。但他們從來沒有真的去清理，因為吾洲認為，這欉香蕉甚有視覺之美。在下雨天，雨打芭蕉葉，滴滴答答作響，濺出水珠，蕉葉微微地輕顫，籬笆旁的芭蕉與雨滴的互動，是一種詩意。

他們平常生活用水，是到附近的公共水井打水，挑幾趟水，把一個水缸灌滿，正好是家人一天的用水量。這棟房子遠不如以前秀絃娘家，生活物質條件變差了，雖說由奢入儉難，但秀絃很認命，是否從前人真的比較認命？另一角度來說，生活有目標，夫妻努力工作，一起存錢養家，培育孩子，由不得停下腳步。

雖然住的是陋屋，秀絃似乎不會羨慕人家。秀絃淡淡地跟鄰居說：

「我只是希望屋內的水泥地板可以擦洗，在家可以脫鞋赤腳，保持家裡整潔又很涼爽。」

然而秀絃家粗糙破損的水泥地，根本經不起擦拭，她安貧樂道，倒也心情平靜。

光復後的鄰舍群像

那時鄰居的房子大多比秀絃家好，旁邊一戶人家是鐵路工人，他們建了堅固的水泥磚造房，隔成幾房，又有自家打水泵，不必到公共的古井打水。秀絃跟吾洲聊天說：

「鐵路工這個職業好像不錯，看他們生活很富足，撫養祖孫三代呢。」

吾洲才不想跟他們比較，喝了口白開水，平淡地說：

「若同樣當鐵工，公家的當然比旗後那些私人小鐵工廠好得多，他們有固定月薪，福利也好。」

就連隔壁賣醃芭樂，門口養有幾隻黑毛豬的鄰居，都比秀絃家過得好，他們的房子不大，但看來很堅實，絕不怕颱風。

吾洲感覺有點悲哀，一生博學多聞又抗日救亡，如今竟要跟不知識字與否的村民作比較。

此外，秀絃另一個盛夏之夢，她常向吾洲提起：「我好想門口有棵大樹，可在樹下乘涼，像我娘家門口有那麼一棵，連屋內都覺得涼爽。」

後來她向人家要了一根黃槿枝幹，在門前種下這根黃槿，天天給它澆水，結果活了下來。

這種樹抗鹽耐旱，是海邊常見的樹，又叫做「粿仔樹」，因為葉片大，可做蒸粿的襯墊。它長得很快，沒多久秀絃真的擁有一棵大樹，夏日開滿黃色花朵，陽光透過樹梢枝葉的縫隙一晃一晃地灑在臉頰。孩子們終於可以在自家樹上摘花，辦家家酒了。

有天上午來了兩個漁夫說：

「你們的樹可不可以讓我砍根枝幹？討海捕魚用。」漁夫觀察一陣子，知道秀絃家不是漁戶，用不著這樹枝。

「不用客氣，你們自己去砍吧。」

秀絃在旗後漁村長大，知道把含葉樹枝丟下海裡當人工魚礁，可以聚魚捕魚。一個禮拜後，漁夫捕魚回來，送來二條嘉臘魚，魚眼明亮，的確是新鮮剛捕上岸的，這是令人喜悅的收穫。待樹枝再長出來，漁夫又來要求砍一段枝，總是不忘送魚來，於是秀絃一家經常有免費魚可吃。好笑的是，種樹不是結果實，卻是得漁獲。

隔壁鄰居是一艘漁船的船長，他家房子是木板屋，屋頂覆蓋黑色柏油布。這位鄰人的皮膚晒得棕黑，滿臉落腮鬍，一看就有船長的範勢。

後來他七歲的女兒因無名怪病去世，不曉得是因什麼習俗，女孩臨終前被移到後院，只掛頂蚊帳，與秀絃家的院子只有竹籬笆之隔。看樣子是一種傳染病，自家人便把她隔離了。

秀紘憂懼地跟家人說：

「假如在早幾年日治時代，日本人就會用草繩把這房子圍起來，不讓人出入。」

秀紘一家人嚇得要死，整整一個月的時間，不敢走到院子。次年健壯的鄰居船長也跟著病逝，人們開始謠傳：

「女兒不曉得是什麼傳染病，傳染給父親。」

「女兒孤寂亡魂來召喚父親的陪伴。」

漁村裡此類神靈故事，令人毛骨悚然。

雖然二戰已結束，日本人都撤退回國，在旗津已不見日本人的蹤影，但來了美軍，大部分在鹽埕埔的酒吧出沒。

更多的外地人是從唐山撤退來臺的軍隊與民眾。臺灣社會秩序與氣氛丕變，民眾勝利的喜悅迅速冷卻，有些人逐漸懷念起日治時代的環境，把唐山來的人叫「阿山仔」。

中國大陸來臺的軍隊與民眾口音腔調濃重，令人一點也聽不懂他們所講的話，尤其是一九五五年來臺灣的大陳島民。政府在旗津小學過去一段路的沙仔地海埔新生地，蓋了大批紅磚黑瓦平房，形成大陳社區。他們住在這裡，就近從事碼頭工作或當船員。旗津小學一下湧進一批大陳孩子，也有幾個知識水準較高的大陳青年擔任小學代課老師。

有一個大陳代課女老師，是位有愛心的大媽，常露出燦爛溫暖的笑容還會邀請學生去她家玩，她家廚房門口有片珠子串成的垂簾，她微笑指著說：

「你們看，這個垂簾很漂亮吧，這是我自己做的喔！」

比起串珠垂簾，秀紘的兒子更欣賞這位老師的親切。

這時社會氛圍仍在戰爭的風聲鶴唳下，比日治時代有過之而無不及。經常防空演習，晚上人們仍要用黑布將窗戶遮住，黑暗的天空布滿搜尋飛機的探照燈。這種不安的氣氛終於在一九五八年爆發「八二三砲戰」，緊張的情緒達到了高點。

颱風襲來，疾風暴雨

旗後地形低平坦，沒什麼屏障，秀絃家這樣的房子，在颱風來時是危險的，所以夫妻倆很擔心颱風。

記得有次颱風，在颱風即將到來時，一早便有山雨欲來風滿樓的恐怖氣氛，清晨天空昏暗濃雲密布。濃雲時而被風吹散，陽光時而穿過雲層間隙而出，露出短暫晴空，時而伴隨著大雨傾盆這種晴雨不定的雨，當地人叫「查某雨」。

風勢逐漸加大，強烈的風陣陣襲來，連停頓喘息的空間都沒有，強風夾帶著雨水，咻……咻……恐怖地叫吼吹襲。

籠罩大地有如世界末日，這時風已不是風，而像是打在臉上的鋼絲。偶爾風吹過去風勢稍緩，傾盆大雨卻隨之即來啪啦、啪啦、啪啦地響。這是大雨打在屋頂的聲音。

秀絃抬頭巡視屋頂與周圍牆壁，擔心強風把屋頂吹翻，也怕大雨打破窗戶和牆壁。偶爾突然的乒乓巨響，讓人心驚，不知是什麼被吹垮，幸好不是屋頂被掀翻。颱風的呼嘯聲特別恐怖，家人無助驚恐，但只能靜靜地任憑風雨肆意蹂躪。

還有一次，連續兩天特別悶熱，吾洲下班回家說：

「明天來的是超級強烈颱風，這房子太危險，妳帶孩子去大姊家疏散。」

「明天下午風浪會愈來愈大，渡輪也停駛了，我下班回不來，睡在公司。」

秀絃大姊家在附近，是咾咕石混合紅磚造的房子，不怕颱風。

第二天夜晚果然強風大雨，第三天早晨他們回家一看，發現屋內土牆濕透剝落，破了一個大洞，強風灌進屋裡，雨水也潑了進去。

假如颱風大雨，又碰到當月中旬海水漲潮，旗後泡在水裡，秀絃家就會淹水了，那時就會有東西損失。

颱風一過，天空塵霾掃盡放晴，太陽卻遽然毒辣起來。

口耳相傳的家庭裁縫師

臺灣光復後，這時家裡三個姊姊都已出嫁，秀絃尚未出嫁，家事主要由母親及嫂子負責，父親生意則由哥哥幫忙。

秀絃母親隔一陣子會給秀絃二十元零用錢，她拿了錢，就搭渡輪到鹽埕埔去買布做衣服，二十元大約可以買一件連身洋裝的布料。

母親還給秀絃買了一臺最好的 Singer（英文，勝家，品牌名）家庭用縫紉機，要以腳踏驅動，勝家是「蛇之目」的兩倍價錢。

在鹽埕區有家店專賣日文雜誌《婦人俱樂部》及《婦人之友》，厚厚的一大本，早期的女性時尚情報皆由婦女雜誌取得。雜誌內還有裁剪圖版，方便讀者自行剪裁仿製，所以秀絃常有最新設計的衣服可穿。

那時秀絃穿著時髦新衣，很能引起阿舍夫人及有錢婦女們的注目。後來附近貴婦陸續來要求秀絃做衣服，王阿舍的夫人有次拿來一塊繪有花草圖案的京友禪布料來。

秀絃目光為之一亮，不禁讚嘆：「這不是京友禪嗎？很珍貴的，有錢人都是拿來做和服。

和服是專業師傅在做的，我並不會啊！」

其實秀絃心想，王夫人應該不可能要做和服，現在臺灣什麼時代了，再做和服顯然不合時宜。

「隨便做啦，現在還穿什麼和服？」王夫人說。

不過這種日本風格的花草圖，一塊布就像一幅風景畫，要做洋服實在有點難。秀絃於是翻遍每一本服裝雜誌，勉強選出一件 one piece 的禮服，只有這種前衛風格的服裝，使用寬鬆大片的布面，這塊布料才能發揮。

之前在日本就有人嘗試將和服布料用於洋裝，還做出和洋服兩式供人參考，所以拿和服布料來做洋裝並無不可。

才剛出道，就碰到如此貴重的布料，秀絃不免戒慎恐懼。她在剪裁後先做假縫，再找王夫人回來試衣，在她身上做適當修正，然後才正式車縫起來。

過年時，大家都想穿新衣，客人都希望能快快穿上自己的衣服，增添歡欣的過年氣氛。但此時秀絃就辛苦了，常趕工到半夜。她很高興開始有收入了，終於能自己賺錢，零用錢也多了起來，這種自由自在的婚前生活過了三年。

婚後秀絃夫妻倆在臺北生活一段時間後回到旗後生活，兩人努力找尋兼差，彌補家用。秀絃以一臺勝家縫紉機，繼續為人縫製衣服。她唯一的嫁妝就是這臺機器，成為謀生工具，也幸好她擁有縫紉的一技之長。

來找秀絃做衣服的大多是比較富裕的鄰居婦女，也有幾位是從市區特地搭渡輪過來的。當時的裁縫坊都是代客量身定製，由客人先到布行選購布料，附屬的材料配件，如內裡布、鈕扣和拉鍊等，才由裁縫師提供。

但是秀絃卻連個熨斗也沒有，每每為人做好衣服，需要燙平時，就會叫孩子去跟住附近的大姊借。那是一種放木炭的老式熨斗。她以裁縫為業，卻捨不得買個熨斗，可說節省到再小的傢俱設備都捨不得買。

夏天，進來的客人總會抱怨秀絃房子太熱。

那是一個豔陽高照，了無生氣的炎炎夏日，一位衣裳華麗的客人來家裡做衣服：

「哇！妳這怎麼那麼熱，好像比外面還熱。」

她皺著眉頭，額頭掛著汗珠，一面拿出手帕來擦。

「歹勢啦，這種黑瓦屋頂會吸熱，又沒天花板，所以比較熱。空間侷促，通風不好，也造成悶熱。」秀絃無可奈何地解釋。

秀紘心想這位來定做洋裝的客人家境好，住的房子大，可能都有電扇吹，所以比秀紘家涼爽。她們應該無法想像，秀紘整天要待在這屋子，揮汗做洋裁工作。

在夏季熾豔烈日下，飄來鹹濕的海洋味，夾帶船隻煤油氣。這氣息最易喚起秀紘對酷暑的記憶。小時感受的熱度，連路上柏油也會融化，腳踩沙灘時會起泡，每天都在極力抵抗燠熱，甚至令人覺得人生索然無味。

那時全家唯一的電器用品，是頭頂上的一盞百瓦燈泡，連電風扇也沒有。加上屋內僅有一小窗可通風，所以夏天非常之悶熱。晚上睡覺時拚命搖著扇，可是手在搖扇，怎能同時睡著？若想停手，屋內又熱得像烤箱，照樣睡不著。

現在想想，那時代確實比較熱，因為沒有霧霾，空氣乾淨，陽光直射，紫外線甚強，抬頭所見，太陽好像一團燃燒的火球。

有次學校孩子的老師白天突然到家裡來，讓秀紘嚇了一跳，原來她來請秀紘做衣服，這位老師是以前娘家房客的媳婦，大概從孩子資料知道她家住這。待孩子放學回家，秀紘好奇地問：

「你學校老師今天來請我做衣服，你知道嗎？」

孩子恍然大悟說：

「老師昨天有問我，媽媽有沒有空？我聽不懂。其實只要問，有沒有時間就好，為什麼要說有沒有空呢？」

因為此地是老聚落，左右鄰居都是本地人，大人小孩習慣說閩南語，也只會說閩南語。臺灣光復後，國民政府推動的「國語」是中國的北京話。小孩子上學前，國語一句也沒聽過。小學三年級了，抽象的「有沒有空」，自然聽不懂。而當時一般家長也都不會國語，無法自己教導孩子。孩子的爸爸吾洲雖然在中國大陸住了十餘年，國語流利，但在家裡也是講閩南語，從來不講一句國語。

倒是左右鄰居知道吾洲懂國語文，常有漁民誤觸海防規定，人船被海防部隊扣押，雙方語言不通溝通不良，家屬總會跑來找吾洲翻譯並幫忙寫切結書。

有天下午，外面下著綿綿細雨，一位雍容華貴的中年婦女與女兒，帶著一塊靛藍素色喬治紗的布料進來。

「現在春天了，有什麼新的樣式可參考呢？」

「有喔，這本《婦人之友》雜誌是最新的，都是春裝，妳看看。」

這是位生活講究的貴婦，春天要有春天的衣服，別人的話，在春天只要冬衣少一件，或是夏衣多一件，就撐過去了。

在旗後，進入三月的春天，日出前與日落後，吹起料峭的冷風，仍與寒冬無異。但太陽升起後，陽光閃耀又似夏季，貴婦們要如何置裝？這是她們傷腦筋的地方。婦人把雜誌從頭翻到尾，選了一件與她所買的布花樣類似，書上模特兒卻比她年輕很多。她些許遲疑地說：

「妳看這一件好不好，以我年齡，還適當嗎？會不會看起來太年輕了？」

秀絃笑說：「不會啦！妳年紀又不大。現在的趨勢是愈穿愈年輕！」

「哈！哈！」

貴婦聽見有人稱讚她年輕，笑得開懷。秀絃拿布尺為她量尺寸，從肩膀、胸圍、腰圍、臀圍和身高逐一測量。她特別要求：「下襬長一點，低到小腿腹。」

秀絃感到驚訝：「妳要那麼長？現在流行愈來愈短了。太長會看來老氣喔。」

只要涉及老氣，大家避之唯恐不及，她立刻接受短十公分。貴婦最後有點難為情地表示：

「我是斜肩的，能否把衣服肩部墊高一些，不要斜下去。」

秀絃肯定地說：「沒問題，加個 shim（英文，墊片）就好。」

她同時思考著，這塊墊片必須用夠厚夠軟的布做，更要不露痕跡，尤其在這塊薄軟的喬治紗上。

喬治紗是時尚新布料，透氣、柔軟，質地輕薄富彈性。衣服樣式選得好，穿上身顯得飄逸又典雅。喬治紗布浸水後，她必須先把這塊布掛個幾天，讓它縮水並垂下定型，以定型的方向性來裁剪，否則製成衣服再重新下垂就變形了。

其實這塊布的裙子做長一點也沒關係，正可表達身材曲線美，兼具優雅與躍動感的設計，只因為流行的風尚，避免觸動老舊感覺。

接下來秀絃要出去買布料搭配的鈕扣、拉鍊及特用的針線。秀絃交待家裡尚未入學的小孩：

「媽媽要去鹽埕埔國際商場和大溝頂買材料，你顧厝不要亂跑。」

這一趟要走路、搭船、坐車，輾轉到鹽埕埔，來回花上整整半天的時間，真是辛苦，但她也都習慣了。

鈕扣的選擇是一種藝術，要找適合的布料質感、顏色及服裝款式，又能增進美感。秀絃偏愛鈕扣加布包裹，可產生不同的視覺效果與質感，最宜冬衣使用。若是裸鈕扣，她喜歡貝殼鈕扣，天然材質又曖曖內含光，甚具質感。

據說上海、香港的大型西裝旗袍店，有眾多師傅與徒弟，這種縫鈕扣的工作是交徒弟做的。她搭渡輪時心想著這塊布一連串裁縫的問題，做衣服好像做工程，一樣要有計劃。記得學校那位胖胖的福神老師說：

「喬治紗最好用九十號線及九號針。薄布用號數大的細線，搭配號數小的細針，而且縫紉機的針目要調短一點。不適合布的線和針可能造成跳針斷線。」

秀絃在學校實習過薄軟布的車縫，老師特別強調：

「車線的完美繫於手感好壞，與布料也大有關係。若是柔軟布料，例如這種喬治紗、薄布、絲綢等較易滑動的布，車縫時容易勾扯，難以平順。要先墊上薄紙假縫，才能車出漂亮的針目，不會產生緊縮皺紋，車好後薄紙再拆掉。」

當時學校的同學為了薄布吃足了苦頭，秀絃告訴大姊女兒說：

「太柔軟或太有彈性的布，車的時候布料亂跑，縫紉機根本就抓不住，這就要高度技術了。薄布車錯拆線時，很容易扯破。若是彈性布料，縫份更容易不服貼。」

大姊女兒點點頭，但心想學裁縫也不是那麼容易：「時代進步，新的布料快速冒出，所以布料對於裁縫師真是一大挑戰啊！」

防止虛邊的加工，秀絃在開業之初，都是以手工縫邊，很是費時。因為每片裁剪的布，無論大小，在縫紉之前都要縫邊，以免毛鬚的縫份紗線虛落。手工縫邊是很耗時的工作，後來有了車布邊的機器拷克機，要把毛毛的布邊收尾，就方便多了。早期她都要搭船轉車去鹽埕埔車布邊。好幾年後，旗後也有了拷克機，就不用舟車勞頓辛苦，也可叫孩子去跑車布邊。

多年以後，又出現功能強大的繃縫機，類似拷克機。可做邊緣處理，減薄摺邊縫口的厚度，毛邊包縫等，縫線更是漂亮得多了。

那時女孩子流行的才藝，最高尚便是芭蕾舞，所以秀絃好幾次為醫生女兒做芭蕾舞衣，她們都是從市區搭船過來的客人。

那時還沒有品牌胸罩，秀絃也經常幫人做胸罩。量身定製的胸罩有它的優點，鬆緊厚薄各有人喜歡，可以按需求製作。

有次大姊女兒拿她做的衣服來問：

「這領子都按圖版裁剪縫製的，但怎麼這樣不平整？」

秀絃用手一摸，說：

「裁縫師要善用墊片，墊片是夾在衣服內不拆的，有厚薄軟硬多種材質。通常設計師不會表達什麼地方加墊片，需要裁縫師自己思考。例如腰帶就必須夾著一長條墊片，才可維持形狀，不會變形成一條繩子。領子也必須有墊片，才能保持形狀張力。」

「還有用較厚而軟的墊片來當肩墊，可解救斜肩的人。冬天的大衣肩部更要挺，才有大衣的精神，也是利用墊片。」

秀絃回到臺灣後，雖然還有觀察街上行人穿著的習慣，但住在日趨沒落的旗後，遠不如大都市有看頭。而百貨公司裡的成衣，要在多年後才有可觀。

裁縫業最忙的時候是春節前。秀絃白天除了做衣服，仍有免不了的買菜、煮飯、洗衣等日常家務。太陽下山，安排全家人吃完晚飯，清洗碗筷後，秀絃沒有喘氣的時間，又坐在裁縫車前，繼續在昏黃的燈下做針線活。窗外夜幕深垂，反而顯得室內燈光特別明亮，縫針在燈光下閃閃發光。正是燈底裁縫剪刀冷。

「嗄、嗄、嗄……」

空洞單調的裁縫車運轉聲，在寒風刺骨的冬夜，更凸顯了午夜的漫長與孤寂。秀絃經常一直忙到半夜，全家人都已睡去，她仍然在趕工。沉寂的屋子裡，只要裁縫車一停，就全然地靜止。此時屋外星空似乎不再閃爍，變得隱隱約約。

夜晚家中幽黃溫暖的燈下，原本最宜讀小說，如今秀絃的手指飛快地來回動著，裁縫車的運轉與腳踏板敲擊著，持續混雜地發出聲響，她費力地踩著縫紉機，常累得直喘氣，說洋裁工作是一場剪裁縫製的戰爭。

正如〈木蘭辭〉中的織布情景：「唧唧復唧唧，木蘭當戶織。不聞機杼聲，惟聞女嘆息。」

嘆息中，秀紘哼起在日本洋裁學校時，同學常唱一首跟織布縫紉有關的歌：

剪去扔掉，
唧唧復唧唧，
機杼在歌唱。
那大海中的黑暗，
是落雨，
唧唧復唧唧，
機杼在歌唱。

怪不得日本老師經常說一句話：「衣服背後的製作者，通常都是默默無聞。」

一九五九年，就在旗後自家門口。一位熟識的漁夫朋友蔡仔騎著腳踏車路過，叫賣學生卡其制服。

「學生卡其衣喔！賣學生卡其制服，大小漢都有，立買立穿喔！」

秀紘很機警，事有蹊蹺，違背常理，趕快喊住他：「蔡仔，什麼衫？給我看看。」

「可以試穿，揀合身的就好了，較方便啦！價格又便宜。」

蔡仔跳下腳踏車，打開籮筐給秀絃看。天啊！他的腳踏車載著一大竹籮筐的學生制服，竟用漁閒販賣成衣，這也是秀絃生平第一次看到成衣。想想學生只要挑件差不多的就可以，多麼方便，不太合身也沒關係。小孩長得快，大家都想買稍大件，可以多穿個半載一年。這些學生制服是工廠量產，所以價格便宜。

不知秀絃看見漁夫也能賣衣服的心情如何，反應快一點的話，應會想到，假如學生都買成衣制服，裁縫師就沒生意做了，學生制服可是裁縫店生意的大宗。

穿針引線的生涯

衣服隨著時間演進改變，而在改變之中，自成流行。時代的巨輪突然加速，有歲數的家庭主婦很多仍然穿臺灣衫，但年輕一輩幾乎全數洋裝，尤其是上班族與學生。臺灣光復不過才短短幾年，臺灣傳統服及日式和服似乎已經成為很遙遠的過去式。

其實秀絃的裁縫生意不是一直都那麼好，因為她的家庭裁縫沒店面沒招牌，客人都是相互介紹而來。六〇年代初，秀絃一家搬離旗後到高雄郊區，業務有待重新拓展，仍然只靠無形的口碑攬客，生意自然有限。在淡季或開學註冊季節，秀絃經常憂愁業務量不夠，亟思如何開拓客源。然而在那貧窮的年代，做一件新衣在普通人家是不容易的。

等到秀絃孩子們大一點北上升學，家庭開銷捉襟見肘，向鄰居借貸是常有的事，一般是拿金銀首飾當抵押品。早些年秀絃孩子尚小，都還在念中小學，開銷沒那麼大時，反而有錢借給鄰居，賺點小利息。

秀絃也曾考慮到掛個招牌。有天晚飯後秀絃沒有衣服可忙，家人清閒地聊天，她問丈夫吾洲：

「你常幫人設計招牌，怎麼不幫我們做個廣告招牌，好招攬生意。」

吾洲解釋說：「我不是沒想到，只是考慮，怕有了招牌，稅捐稽徵處就會來查，反增加報稅麻煩。」

所以秀絃始終沒有裁縫招牌。在這個客家部落區，客人大多是節儉婦女，又是郊區人家，生活儉約，作風樸實，有特殊需要才做新衣。不像都市有錢人家，常有交際應酬場合，為了形象，需要穿新衣充門面。有時為時髦愛美做衣服，甚至只是為一時高興。

有次秀絃不知從哪裡得到一只麵粉袋，問二兒子說：「用這塊布給你做件內褲好嗎？假如這是普通白布，不用問你的，但麵粉袋上有一個大大的紅字十公斤。」

「好啊，那有什麼關係。」孩子毫不遲疑地答應。

在那個年代，不乏有人穿這種麵粉袋內褲，一個屁股十公斤，常會被人取笑。秀絃怕孩子愛面子不敢穿。但孩子爽快地答應，為家庭省一塊布料，面子有何妨？

曾經有位兒子的男大生朋友，拿一塊條紋布來想做件輕便的 POLO 衫，秀絃量了身材就做下去。完成後一看，男大生卻難過得要哭出來：

「我是矮胖身材，應該穿直紋衫才能讓身材顯得修長，做橫條紋的 POLO 衫不是讓我看來更矮胖嗎？」
「啊！歹勢啦。我沒想那麼多。」
秀絃想說一般看到的 POLO 衫，大多是橫條紋衫，也沒想那麼多。為了這件事，秀絃很是難過，深為自責，竟一輩子無法忘懷。
也曾經有幾位老客戶要求拜師學藝，她們都是年輕女性。記得有一位是準備結婚的新娘，希望將來可為家人製衣。一位是開文具小店的老闆娘，生活有危機感，她說：
「我們在市場裡開文具小店，生意很難做，我若學一點裁縫技術，可以幫人家修改衣服，或做些簡單的衣服，就可以補貼家用。」
秀絃自然都答應，能夠幫助人家也是善事，於是她們每天到家裡來，跟著秀絃做衣服，學到滿意才離開。
假如住在市區，開個裁縫補習班也是不錯。因為有很多人想能自己縫製衣服，也有很多人希望學得一技之長，可用來謀生。只是秀絃資金條件不足，又要顧家，未曾考慮這個問題。
穿針引線的生涯，小心翼翼地裁剪，偶爾也會有意外的時候。有次剪刀擺在布上，拿起剪刀時，刀鋒一合，正好就把布咬了下去破了個口。秀絃真是懊惱，哭喪著臉說：
「唉呀！我最怕的就是這樣，終究給碰上。」

這是裁縫者的惡夢，以前老師常常叮嚀剪刀不要放在布上面。

秀絃趕緊用紙板在布上排版，水粉筆劃一劃，很不幸地，剪傷還是躲不過，不得已仔細計算所需布料，趕快搭渡輪到鹽埕埔找布。她拖著疲憊的腳步走在灼熱街道上，找了好幾家布莊，幸虧找到相同的布料。

縫紉機只要出現磨擦的吱吱聲，通常就是潤滑油乾了，這個對秀絃而言沒問題，她知道怎麼添加針車油。此外較常發生的毛病，就是皮帶磨損，不能帶動縫紉機。當時沒有電話，不能打電話叫廠商師傅來。她必須坐船搭車到鹽埕埔的經銷商求救，他們會派人來換皮帶。這臺勝家世界標準型縫紉機，除了這些消耗性零件的磨損，很少有跳針或漏油的情形，極為耐用。

而布料及裁縫所需材料，例如墊片料、梭子、剪刀、錐子、針線、水粉筆、布尺及點線器等，都集中在當時高雄最熱鬧的鹽埕埔一帶的國際商場、大溝頂及堀江商場周圍，秀絃找貨很方便。

衣服墊片早期是粗麻料，後來改用不織布材料，是洋服的基本配件，裁縫師總會儲存一批料，用得也是很快。

秀紘到商場補貨，喜歡順便在大溝頂小攤吃盤燙魷魚。新鮮魷魚及薑汁醬油加糖佐料的滋味，令人百吃不膩，是那段時期生活的小確幸。至於正式的餐廳，其實附近有一家江浙餐館，即使家常湯麵都很美味，但也不過才光臨過一次而已。

秀紘開業時的裁縫流程，通常是客人先去布莊採購布料，選擇喜歡的花色與質料，但對衣服款式尚無概念。等客人前來翻閱圖片後，才決定衣服樣式。其實這種程序有點本末倒置，客人買布來做衣服，其實是相當冒險的。看到一塊布可能喜歡它的花色或質感，但跟想做的服裝樣式可能不搭配，猶如見樹不見林。因為高雅的服裝常是單色系，不適合花色豔麗的布料，心想著高雅的衣服，但買一塊花布來。以總體角度來說，應該先考慮穿著場合，選好衣服樣式，再去布莊挑布。

以前的布料裁製前都要先縮水，把布放在臉盆泡一陣子水，再拿起來晾乾。一方面布料長短固定了，布料上的化學物質也順便除去，做出來的新衣可安心穿上。

剪裁後布片的定位，重要段落秀紘還是用針線假縫，不重要的才用大頭針。據說後來師傅們為了效率，都只用大頭針了，但車縫時要記得把大頭針取下。重要的衣服要先有假縫階段，最好在客人身上試穿看看。做西裝、旗袍講究合身，常須一、二次，甚至到三次的假縫試穿，才能做到完美的程度。所以西裝與旗袍的製工貴，就是在此。

衣服合身最典型的就是旗袍，因為旗袍最講究合身，尺寸要求必須精確，身體的每一寸都要測量，才能合身。而洋服就沒那麼精準要求，所以打版較具彈性。不過也要熟悉人體曲線及每人身材的特徵，才能掌握設計的精髓。

製作西裝、旗袍是另一類的師傅，他們講究工藝精準，少發揮創意。衣服做多做熟之後，對於一般款式的衣服，有時不用紙型，不需打版，就能直接在布上繪製剪裁。事實上，人體尤其是女性身材曲線變化多端，沒一條直線，也沒有一片平面。而一塊平面的布要縫製成立體，又要貼合身體三維的曲線，技巧就在於褶子的設計。

褶子除了配合身材曲線，還要考慮布料的性質與花樣。但也不是每人衣服都適合貼身，例如一個腹圍比臀部大的婦女，裙子臀部位仍需做得寬，穿著才會美觀。

有人為了遮胖而愛穿寬鬆衣服，但看來卻更胖，或穿緊身希望顯瘦，結果反而露出更多肥肉。其實合身的剪裁，適合自己尺寸最好，或選顏色深一點的布，效果也不錯，身材特殊者，最是需要特別定製。

秀足姐的家族軼事

臺灣光復後，秀紘和日本寄宿時的好友秀足姐又相聚了，她在高雄七賢三路開設秀足婦產科，郭國基夫人的久代齒科診所則在附近新興街上，都在鹽埕區。日治時期這附近日本人來來往往，光復之後，美軍與船員進進出出。秀紘常一個人到這買縫紉材料，有空也兼訪秀足姐。家人治療牙齒，都到久代齒科診所。

秀足的哥哥郭國基先生此時已是政界名人，他留學日本明治大學政治系畢業，與胞妹郭秀玉在東洋女子齒科醫專的同學鈴木久代結婚，婚後定居高雄。在「高雄事件」中，郭國基被日警特高課逮捕入獄，慘遭酷刑後又被判重刑，幸獲保外就醫的不久之後臺灣光復，郭國基這才獲得自由。

在臺灣光復之後「二二八事件」中，郭國基被控鼓吹臺獨，遭國民政府逮捕，沒人敢出庭為其辯護。即使郭夫人重金聘請最好的律師，但律師出國不歸，未曾出庭，沒有人敢為他寫辯狀。最後吾洲代其寫自辯狀，經冤獄兩百一十二天才獲釋。

後來郭國基擔任了數屆省議員，並當選第一屆增補選立法委員。郭國基在臺灣省參議會最著名的事情，就是「氣死」臺大校長事件㉖。一九五〇年於省參議會中質詢臺大校長傅斯年，傅校長因積勞成疾，下臺後腦溢血病逝。議長接受《新生報》訪問時表示，傅校長「去世」，記者誤聽為「氣死」，烏龍報導臺大校長因受郭國基質詢而氣死。

㉖ 一九五〇年十二月二十日下午六時，郭國基於省參議會中質詢臺大校長傅斯年，據在場的教育廳長陳雪屏回憶，郭參議員詢問各點，均屬普通問題，態度亦極溫和，彼回復時亦極心平氣和，並無憤怒之事。然而因傅斯年長年健康不佳、校務勞累，導致下臺後腦溢血病逝。代理議長李萬居在接受《臺灣新生報》記者訪問時，用臺灣國語發音表示「傅斯年棄世」，遭記者誤傳為「傅斯年氣死」，導致傳出「郭大砲氣死傅斯年」傳言。甚至隔日（十二月二十一日）四百名臺大學生遊行至臺北市南海路省參議會要求交出郭國基。

保有生活中的浪漫情懷

浪漫是秀絃不變的本性，雖阮囊羞澀，但再窮，她服飾也要保持美麗。在生活取捨上，也就是衣食簡樸而講究。

秀絃保有日本都市女性的習慣，每天都略有化妝，就是基本上塗個面霜，抹點粉，輕沾口紅，衣服穿得整整齊齊。這裝扮，是隨時可立即外出的。對別人來說，這已是外出的打扮；對她而言，這是她的家居服，無論形式與花色都合宜美觀，足登大雅之堂。

吃飯的時候，菜餚在餐盤要儘量擺得漂亮，抹布絕不允許留在桌上，那是極為影響食慾的。但秀絃家也不是講究得一絲不苟，據說歐洲一二百年前的中產階級，極度龜毛的英國紳士，每天在家吃飯也要穿西裝打領帶，連早上看的報紙，也要請傭人先用熨斗燙平。

雖然經濟並不寬裕，秀絃上菜市場常順便買一束不多錢的花回來，插在花瓶。她最常買的是康乃馨，雖然這是母親節的花，她也不是因為季節性而買，而是偏好花形大小最適合她那支不大，從日本帶回來的小花瓶。

事實上，以屋內的簡陋殘破，沒有簡潔的牆壁當背景襯托，也不能凸顯這瓶花的美。在這種環境插一束花，並沒有裝飾效果，不會美化屋內環境。但這是一種生活態度，一種心情，不如說這瓶花是擺在心中。買花插花似乎是一種老派生活，或是日治時代流傳下來的作風。不像如今社會經濟富裕，房子漂亮了，卻少有人家有插花的習慣，有插花者大多用在禮佛之用。

秀紘的陋屋位在路旁，距娘家不太遠，她父親出門散步應時常經過。家戶的大門白天總是大開，相信他老早從外探視過，但卻從未進去。也許秀紘常回娘家走動，沒特別的事，也沒有什麼隔閡，她父親就不想進門探視吧。也有可能父親看到女兒簡陋的生活環境，卻無力伸出援手，只好悵惘，只能視而不見。

有次黃昏，秀紘正好看到父親從門口走過，她欣喜異常，趕快出來跟他打招呼：「阿爸！我住這裡，進來喝杯茶吧。」

「可是阿爸只是淡淡地微笑點頭，又若無其事地走過。」秀紘黯然地表示，父親當然早知女兒住這，卻又不進來。

後來一直到過世，秀紘父親始終沒有踏進她家，他晚年的情緒似乎日漸抑鬱。一想到這件事，秀紘總是有點不明就裡的淡淡哀愁，猶如暮色的蒼茫，令人感傷。

任何人只要路過，就可窺見秀紘在家做衣服的身影，她家只有晚上睡覺才關門，這也是當時一般人的生活習慣。秀絃一家在這棟編竹夾泥屋一住就是十個年頭，四個孩子都在此成長。

旗後的對岸，旗後人叫高雄。六〇年代的高雄市中心經濟發展迅速，新大樓與馬路如雨後春筍，但旗後卻始終停滯不前，就顯落後了。一切的發展都在高雄市區，旗後這邊一直沒有新的建設，在六〇年代早期尚無自來水，經常斷電，沒有中等學校，市容有如舊聚落般破敗。

旗後經濟好一點或想有成就的人，都會設法遷離。在這環境下，秀絃一家六口也設法搬離旗後，遷到高雄灣子內水泥磚造的新房，一般民眾稱為「販厝」，是建商先建後售的濫觴。不然之前的房子，都是自己找好土地，再找營造商來建屋。

灣子內在高雄郊區，四周稻田的客家部落區域，空氣中飄浮的不是魚腥味的鹹海風，而是農田有機肥與牛糞味。房子不再那麼酷熱，因為這是有天花板的磚造房。雖是很普通的房子，但對於秀絃經濟壓力是很大的，經常擔心哪一天付不起貸款。

幾年之後，旗後與鼓山漁行都不再拍賣漁貨，遠洋漁船都集中到前鎮漁港。高雄港的紅頭雙槳舢舨也消失了，唯有英國領事館、旗後山砲臺及白色燈塔依舊矗立山頭。高雄的空氣似乎沒有以前好，山上景物時常朦朧，港內海浪仍不歇息地翻滾。

歲月悠悠，秀絃年歲不知不覺已過九十，腦海總會不時浮現陳年往事，依稀模糊如夢般的人生經歷。從旗後少女時代、坐雙槳船渡過高雄港、搭輪船去日本東京、洋裁學校的學習、戰爭躲避空襲的日子、結婚生子以及趕工製衣等，往昔歷歷在目。

昔日所熟悉的人事物，阿爸、阿娘、兄姊、結伴赴日的望月姐、東京寄居處的秀足姐、東京同學杏子、神祕的中醫師、划盆舟的舅舅，還有傻笑的姑媽孩子，逐一浮現腦海，就像走馬燈似地映現，而旗後的海浪依舊拍岸不絕。

秀絃也會想起，這一生多為生活謀計，許多日子對富裕人家來說是如此容易，於她卻是那麼艱難。在臺灣光復初年，女性就業機會稀少的環境下，她就成為職業婦女，努力工作，方能撐起家計。

秀絃曾以為，旗後澎湖街黃昏飄浮的燒柴炭煙味，應該是永遠的味道，三餐是無可迴避的生活，燒柴煮飯是千年不變，但如今柴炭氣息已成為遙遠的記憶。

秀絃坐在沙發上回憶往事，跟來訪朋友聊著人生：

「我已遺忘自己手作的最後一件洋裝是在何時，應該在七十五歲以前，為家人所做的吧。此時剪裁縫衣對我已是傷神費力，不再從事。在這之後，拼布曾讓我熱衷一陣子，現在也都停止了。」

「事後想想，在人生各個階段，是什麼事情影響我的未來？那時的我，完全想不到洋裁，也許老天自有祂的旨意，或者就是湊巧。即使小學時代喜歡家事課，也不至於促使我以此為志向，去學洋裁，只能說是不排斥吧。」

「不過學洋裁除了習得一技之長，可謀生補貼家用外，對我的生活態度與穿著品味確實有不錯的幫助。」

「我為謀生而從事洋裁工作，即使為興趣而做點服裝設計，自然會設計成自己喜歡的衣服，同時也設計成客人想穿的衣服。」

秀絃跟朋友說：

「可惜我為客人所做的衣服都不是自己想要的，布是客人選的，樣式也是客人挑的，甚至連鈕扣有時也是客人指定的，客製化業務就是這樣。」

至於那臺勞苦功高，八十年歷史的勝家裁縫機，陪伴秀絃一生的謀生工具，功效好又耐用，一輩子用不壞，後來為了節省空間，請勝家服務中心來拆除裁縫機支架與平臺，並加裝馬達，改成桌上型的電動裁縫機。有著悠久歷史的裁縫機未能保持原樣，實在可惜。

它後來一直擺在角落，再也沒人動過。

後記：洋裁的歷史與美學

日本昭和時代服裝所見

秀紘在東京生活的時候，是三〇年代末，東京街上年輕女性大多改穿洋服，尤其是上班工作的人。然而許多家庭主婦或是高齡婦女，仍然喜歡穿傳統和服。日本人對於傳統服飾的堅持與崇尚是世界少有的，時至二十一世紀，和服仍是高尚典雅的象徵，日本人仍會在重要節日、正式場合穿上和服。

日本人穿和服是種情結，自古以來，它是女性的財產，和服可拆掉重做，有人準備把一件和服穿一輩子。至今日本和服並沒有被時間淘汰，甚至臺灣還有和服控的社群，私下舉辦穿和服的聚會。

日本服裝變革是發生在二〇年代後半之事，據《資生堂月報》一九二九年元月號的報導：在這兩年間，女性服飾及其容姿所展現的風格思想，突破了過往，明顯地構築出昭和時代的嶄新樣式。

秀紘還在日本洋裁學校學習的一九三九年，東京街頭已有許多著洋裝、燙頭髮、塗脂擦粉、穿高跟鞋，體態婀娜的摩登小姐，而臺北婦女也不遑多讓。在和服轉向洋裝的過程，縫紉機起了決定性作用，縫紉機的工作效率，能使洋裝快速地縫合製作，短時間讓婦女得到現代化換裝。

臺灣服裝現代化的體驗

臺灣服裝的現代化則比日本晚些，在秀絃念小學的一九二七年，日本歷經關東大地震及工業化，洋服已相當普遍，而臺灣小學生大部分仍是上襦下裙，亦即傳統的大襟衫及裙子或寬褲。那時代女孩子成年後，也還是大襟衫及裙子，頂多在領口和袖口鑲搭花色滾邊，似乎臺灣婦女一輩子都是同款模樣。

直到三〇年代中期，秀絃小學畢業之後，女性服裝在學校的推廣下迅速演變。臺灣的女學生可說是臺灣女性穿上洋服的第一世代。

日治早中期，日本人並未強制臺灣人改變衣著。直到一九四〇年，日本出兵中國第三年，在臺灣推動皇民化，實行國民精神總動員，除了精神，在外表也要力求像日本人。在穿著上，去除傳統臺灣衫，最好是穿和服。但是和服著裝繁瑣，除非上流社會家庭或愛美年輕女孩，才有穿和服的習慣。在不能穿臺灣衫之下，大家一律改穿方便的洋裝，這一點日本政府很難強制要求。

日治後期，在統治者的要求下，臺灣人逐漸脫離漢人大襟衫的傳統，臺灣城市婦女開始穿洋裝。同時也受到上海流行旗袍的影響，都市女性亦流行旗袍。旗袍形式上力求合身，展現女性身材，所以那段時間的臺灣女服，是臺、中、日、西式並陳的時代。

秀絃娘家是傳統臺灣庶民，也沒有社會關係，所以家裡沒有穿和服的習慣。其實以舒適性來說，大襟衫輕鬆舒服，行動敏捷，適合勞動與工作，即使最簡易的和服也比不上大襟衫方便。但兩者都比不上多樣化的洋服舒適美觀，怪不得臺服與和服都不敵洋服。

至於旗津女性勞動者的服裝又是另一款式，以功能為主，脫離時代與地域性。她們在海岸或工地工作，為防日晒風沙，戴上斗笠，面罩頭巾，穿裙子或長褲，加上臂袖及腳袖，把全身包緊緊，整張臉僅露出一雙大眼睛。

成衣時代與洋裁店的消逝

雖然一九五九年秀絃就看到漁夫騎腳踏車出來賣學生制服的成衣，但一九六八年至一九七二年，才是真正成衣時代的來臨。成衣款式愈來愈多，不須等待量身車製，立可試穿在鏡前審美。成衣時代意味著服裝製造商的時代。一九七九年前後，更進一步的品牌成衣逐漸萌芽，品牌代表著品質與名氣的保證，成衣更為普遍了。於是洋裁店漸漸在街頭巷尾間消失，倖存的裁縫店則大多隱身在市場小巷，以修改衣服為主要業務。

很快地，都會街上到處是服飾店，比飲食雜貨店還多，成衣店躍居成為數目最多的店面。上街逛服飾店成為女性的娛樂，女性又像狩獵般，以渴望的眼神搜尋著目標。曾幾何時，衣著打扮的形象深植人心，服飾已成為女性普遍的嗜好。雖然人們不再定製服裝，但女性雜誌卻有增無減，例如《VOGUE》、《ViVi》、《ELLE》或《Marie Clair》等，大家從中能夠得知服飾流行的趨向。女性雜誌不再是用來當定製服裝的樣版，而是傳遞時尚潮流的知識。

雖然大部分人已穿著方便的成衣，但也有品味卓越的人喜歡手工定製。因為成衣總有一些點不合己意，講究的人要求完美，就必須挑選上好的布料，請師傅量身定做。這些定製服的客人，除了希望合身、做工細緻外，還要求有設計感。他們大多強調個人主義，每個人都希望自己的穿著與眾不同，絕不容許撞衫。即使在少有變化的男襯衫，袖口繡上名字，也是個人化的表現。在千篇一律的品牌服飾中，量身定製可選質感特殊的布料、有別於他人的設計、具備合身的要求，這是裁縫師不被淘汰的理由。

於是在滿街服飾店外，還有少數洋裁店的存在，晚近似有增多之勢。現在的裁縫店多改稱「服裝工作室」，專門製作手工定製服，有些兼具設計能力。裁縫師也有如藝術家的身分，現今服裝裁縫師的抬頭，可說是裁縫文化的復興。

但對於許多庶民來說，因為長久習慣穿著成衣，不再走進裁縫工作室，已沒有請師傅量身定製的習慣了。

現代的服裝設計師在產業國際分工下，不只是為個人客戶設計服裝，也承包國外品牌的設計工作。但設計工作企業化的結果，設計師從事這樣的代工，即使設計表現出眾，在品牌的光芒之下，設計師個人的名氣也是被埋沒的。

在現代服裝工業分工下，一個服裝設計師的裁剪縫紉技能變得不是必要的，在很多大型服裝公司，設計師的角色主要是在服飾前端的設計工作，不從事縫紉的勞動工作，不親自操刀剪裁。但設計師擁有縫紉的基本知識仍是必要的，這將有助於設計概念的反映，幫助他們的設計獲致可行性。

裁縫師要提升身分地位，就要往設計方向發展，設計是藝術與創意的工作，而裁縫是按圖施工的作業。但也不是說裁縫師就不能當設計師，這完全要靠興趣與豐富的想像力。

只是秀絃開業的時代，服裝設計尚未到那個地步，追求服裝設計是難以生存的。

服裝的美學概念

在〈國王的新衣〉這個故事，幻想力豐富的作家早就寫下服裝設計的寓言。現代的服裝設計從具象變成抽象，服裝成為一種藝術的概念。

現在，服裝設計天馬行空，時尚人士追求的是風格、配件及色彩等要素，甚至要表現前衛、仙氣、抒情等這種抽象的感覺。

早在一九〇六年，日本高島屋百貨公司就定期舉辦流行展覽會，每年兩季設計製作新一季的服飾。設計程序由「宗旨」開始，有一次的服裝設計宗旨是「近代詩風模樣」。企望將近代抒情詩的精神與詩作的想像，移植到和服的形象之中，創造現代服飾的新穎之美。

消費者將女性當成謬思女神的幻想，於是服飾設計需考慮如何將詩人的感懷編為衣裝。百年前即有如此充滿古典情懷的服飾設計概念，跟後來的嬉皮風、頹廢風大異其趣。無論如何，服飾已用來表現一個人的心思意念與態度。

市井服飾的流行變化則愈來愈快，一度盛行的繁複八片裙或荷葉蓬蓬裙看似華麗，但很快看膩，反而樣式簡單的一片裙或A字裙較為耐看。現今人們傾向俐落的服裝，其他藝術表現也是如此。服裝界簡約風盛行。現代人崇尚天然，追求天地合一的自在，這也自然地表現在衣著，所以森林系風行一時。也因此有的衣服看似無剪裁，只以一、二塊布披掛著，就連布料顏色也極為素潔。

在秀絃年輕時代日本服飾的美學，崇尚高雅，色彩圖案和諧，不作豔麗表現，更沒有色彩突兀的搭配。當今則有一派人強調豔麗活潑，色彩對比反差大的撞色搭配，尤其在年輕世代蔚為風潮。似乎看多之後，自然就習以為常。可知視覺是可以被培養訓練的，這是時代人文的改變。

服裝是一種無聲的言語，傳達個人形象，但要養成穿著的品味，似乎不易。這不是經濟問題，而是美學觀與價值觀。

服裝的境界日益趨大，服裝設計的光輝愈來愈明亮，但裁縫的角色卻是愈來愈渺小。五、六十年前，洋裁曾是主婦最好的副業，如果自己會做衣服，就可每天穿上喜歡的款式。若有此一技之長，可為自己與家人做衣裳，又可當事業。在婦女職場稀少的時代，洋裁曾是無數少女夢寐以求的高尚職業，甚至在洋裁店工作也令人欣羨。但隨著時代變遷，已難以拾回昔日風光。

今日是服裝與時尚大放異彩的時代，標新立異已習以為常，奇裝異服亦被接受。這種時代與環境的改變，或許是現代裁縫師更能發揮的地方。

二十一世紀是創新的時代，無論個人或團體唯有創新才能發展。即使街上的洋裁個人工作室，也需要有些服裝設計的能力，提供裁縫師他個人非品牌的服飾設計與指導，這是個人工作室生存的強項。假如裁縫師只能裁剪縫製，可能只剩下修改衣服的業務，無法吸引有特殊需要的消費者，那麼消費者到百貨公司或者服飾店買成衣就好了。

一個有創意的裁縫師，可為客户提供更高階的服務，也得到更高的個人成就。所以如何培養創新的能力，擁有服裝設計師的才華，或許是裁縫師提升自我能力的策略，也是生存之道。

和泉式部日記

林文月／譯・圖

一段飽受非議的禁忌之戀
一個兼有膽識和才華的女子日記
一封流傳超過千年的絕美情書

★書中收錄多幅林文月手繪劇情插畫
★榮獲文化部第42次中小學生讀物選介

和泉式部是一位日本平安時代的女性作家，與《源氏物語》的作者紫式部、《枕草子》的作者清少納言鼎足而立，並稱為「王朝三才媛」。

本書記載和泉式部與敦道親王之間的愛情，採日記方式記錄。以大量的詩歌往來，透顯出男女二人由初識之試探情愛，至熱戀之甜美與憂慮，乃至共同生活之後的堅定信賴。從和歌與散文的鋪敘可以看出，作者和泉式部是一位熱情多感而敢愛敢恨的女子，其特立獨行的個性與行為，甚至在男女關係相當開放的平安時代，都極為聳人聽聞且備受譏議。但透過這本日記，讀者可以了解她所展現於詩歌文章中，超凡的才藝、學識與脫俗真摯的感情觀。

這段刻骨銘心，不顧眾人反對的愛情，大致可以分為三個階段：

一開始，一見鍾情的兩人，卻因為身分上的彆扭關係而有諸多心理上的動盪和不安，不確定該依循禮教的規範，或是依從自己的心意？
第二部分為兩人互訴心意，以多首和歌傳遞綿密情思。兩人逐漸疏遠，爾又回溫，但在這一來一往中，兩人情誼加深，終於從彼此試探趨於穩定。
第三部分則是兩人一起生活之後的種種，也是全書中最安穩幸福的時光，雖然家中和社會上仍對兩人的戀愛保持貶低的態度，但兩人情誼篤定深厚。

那飄去的雲

張秀亞／著

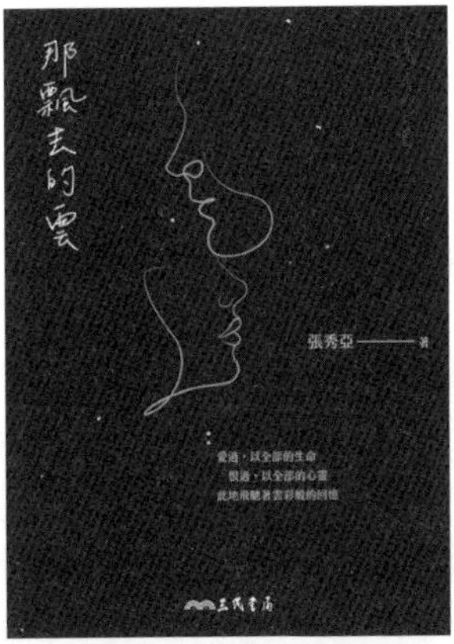

承襲中國古典的溫婉敦厚，
跨足西潮意識流風格。

本書收錄十六則小說，捕捉縹緲的情愛絮語，或憂或喜，都在傾刻流洩的一念之間；描寫稚子翻騰而真摯的小小願想，晶瑩動人。

張氏的小說融合了中國抒情傳統與西方現代主義風格，對細節的捕捉、幽微氛圍的營造極其敏銳，從她的筆端真誠不矯的映射出「每個人心中被愛情五味酒浸透的歲月」是如何「掙扎著站了起來，跨出了夢境的門檻」。

★展讀張秀亞女士善感的靈魂與極致的微物書寫，發現平凡日常的美麗輪廓。
★邀請于德蘭女士記敘母親的寫作情思，讓讀者更貼近一代美文大師。

系列緣起

當代臺灣女性創作者在文壇一片璀燦，往前推至戰後的五〇年代，顛沛來臺的外省移民第一代婦女，在臺灣女性書寫未臻成熟的時期，墾闢前路。而張秀亞女士便是在數點繁星當中閃耀的一位。
一個甲子過去，適逢張秀亞女士逝世二十周年，編輯部輯選其經典著作，以饗讀者。看她專注於那些曾經斷裂的日常，在生活的細微處滌塵去垢，她亦或是他；妳亦或是你，在我們的年代，都能創造出屬於我們的美好年代。

美好推薦

蔡傑曦｜攝影作家
Kaoru阿嚕｜作家
阿飛｜作家
知日謙｜作家
彼岸的鹿｜作家
黃繭｜作家
游知牧｜作家
溫如生｜作家

寶枝

張祖詒／著

問世間，情為何物？
有說：「直叫人生死相許」；
也有說：「情到深處無怨尤」；
另有說：「情欲縛人，猶似羅網。」
不論怎樣的說法，情是感性的昇華，
情的發生或消失，常非理性思維所能規範。

今年，我過了一個最寒冷的夏天，他的冷漠、冷酷，甚至冷血，讓我冷澈心肺，冷得顫抖，冷得入骨。

人類是好鬥的動物，戰場的殺戮、官場的競逐、商場的掠奪，無不爭個誰強誰弱。情場似醋海，更是有你無我，爭得不見生死，難以罷休。

其實我和他在情分上，自始沒有對稱，他在雲端，我在泥壤，所以相見不如不見。或許我該相信林語堂的話：「避之是幸，不避是命。」

在我們周邊，就在此時此地，我們親歷目睹許許多多千奇百怪、不可思議的悲劇。童養媳那樣的事大概很少了。但在千變萬化、人倫解紐的現代社會裡，讀了《寶枝》而能增厚一分恕道、感恩的人心愛意，為喧囂混亂、澆薄困惑的氛圍添加一分光明、一分溫暖，也就不辜負張祖詒先生老來伏案、辛苦經營的心血了。
《寶枝》是部極好的電影電視劇題材，如得李安那樣的高手導演，想必可轟動兩岸華人世界！

—— 讀《寶枝》／彭歌

父女對話

陳冠學／著

引人神往的田園散文經典
細緻描繪小女兒和老父間的真摯親情

本書為散文集，記述陳冠學和年幼的女兒一同隱居於田園的日常生活。藉由小女兒天真童稚的提問以及老父慈愛和藹的回應，描繪出大自然的無限生機及田園景致的安詳寧靜，也展現了充盈於字裡行間，溫暖動人的親情。

《父女對話》的第一個特色是日常性豐盈。一般情況下，父系社會中的父親和兒女，一生中難得有幾場日常性的對話，然而，《父女對話》全書都是日常生活與對話細節，卻絲毫不見繁膩蕪贅，展現鮮活的現場感，有如一幕幕微電影，父女倆與天地萬物隨喜遭遇，在宇宙韻律中，聯袂演出。

——自然紋理中的一道美麗皺摺：讀陳冠學《父女對話》／楊翠

國家圖書館出版品預行編目資料

港都洋裁師：藏在日治庶民生活與裁縫故事裡的微光／莊仲平著.——初版一刷.——臺北市：三民，2022
面； 公分.——（文學森林）

ISBN 978-957-14-7476-2（平裝）

863.57 111009305

文學森林

港都洋裁師——藏在日治庶民生活與裁縫故事裡的微光

作　　者	莊仲平
責任編輯	林昕平
美術編輯	黃子庭
發 行 人	劉振強
出 版 者	三民書局股份有限公司
地　　址	臺北市復興北路 386 號 (復北門市) 臺北市重慶南路一段 61 號 (重南門市)
電　　話	(02)25006600
網　　址	三民網路書店 https://www.sanmin.com.tw
出版日期	初版一刷 2022 年 8 月
書籍編號	S782590
I S B N	978-957-14-7476-2

三民書局